テメレア戦記 6

大海蛇の舌

ナオミ・ノヴィク　那波かおり＝訳

上

父、サミュエル・ノヴィクに
あなたも海を渡って未知の国にやってきた

テメレア戦記6　大海蛇の舌　上　目次

テメレア

中国産の稀少なセレスチャル種の大型ドラゴン。中国皇帝からナポレオンに贈られた卵を英国艦が奪取し、洋上で卵から孵(かえ)った。英国航空隊ドラゴン戦隊所属。すさまじい破壊力を持つ咆吼(ほうこう)"神の風(ディヴァインズ・ウィンド)"と空中停止(ホバリング)は、セレスチャル種だけの特異な能力。中国名はロン・ティエン・シエン(龍天翔)。学問好きで、美食家で、思いこんだらまっしぐら。ローレンスとの絆は深く、強い。

ウィリアム(ウィル)・ローレンス

テメレアを担うキャプテン。英国海軍の軍人としてナポレオン戦争を戦ってきたが、艦長を務めるリライアント号がフランス艦を拿捕(だほ)したことから運命が一転する。洋上で孵化したテメレアから担い手に選ばれ、国家への忠誠心ゆえに航空隊に転属するが、いつしかテメレアがかけがえのない存在に。竜疫が全世界に蔓延するのを阻止しようとするテメレアとともに、特効薬をフランスに手渡したことから、国家反逆罪を着せられ、死刑を宣告されるが、減刑ののち、英領植民地に追放される。

英国の人々

ジェーン・ローランド……空将。エクシディウムを担う女性キャプテン。ローレンスとは恋人関係にあったが——

ジョン・グランビー……イスキエルカの担い手。元テメレア・チームの副キャプテン

エミリー・ローランド……士官見習い。ジェーンの娘。空将である母の命を受け、ローレンスに同行

ディメーン……コーサ人の士官見習い。テメレア・チームのクルー

サイフォ……ディメーンの弟。テメレア・チームのクルー。本の虫

テンジン・サルカイ……野生ドラゴンの言語に通じ、卓越した身体能力と知性を持つ謎の男

フェローズ……武具師。ハーネスづくりの名人

ドーセット……若き竜医

ゴン・スー……中国から連れてきた料理人。テメレアに献身的に尽くす

ジェレミー・ランキン……元伝令使。名門出身。騎乗していたレヴィタスの死をめぐりローレンスと確執が——

フォーシング……空尉。竜の卵の担い手候補

ブリンカン……空尉。竜の卵の担い手候補

キャサリン・ハーコート……リリーを担う女性キャプテン。夫のトム・ライリーとのあいだに一児をもうけた

トム・ライリー……ドラゴン輸送艦アリージャンス号艦長。ローレンスの海軍時代の部下

パーベック卿……アリージャンス号副長

ウェルズリー将軍／ウェリントン公爵……英国軍の主導権を狙う、知略に富んだ切れ者

マルグレーヴ卿……海軍大臣

オーストラリアの人々

ウィリアム・ブライ……ニューサウスウェールズ植民地総督

ジョンストン……ニューサウスウェールズ軍団を率いる反乱の首謀者

ジョン・マッカーサー……植民地当局首席を名乗る反乱の首謀者

ジョーナス・グリーン……囚人

ロバート・メイナード……四人
ジャック・テリー………〃
ホブ・ウェセックス……〃
オディー………〃

英国のドラゴンたち
イスキエルカ………グランビーが担う火噴きのカジリク種
アルカディ………仲間を引きつれて英国に渡った、パミール高原の山賊ドラゴンの長
リンジ………アルカディの片腕。野生の雌ドラゴン
ペルシティア………中型交配種の雌ドラゴン、戦闘嫌いだが、特異な知的能力を持つ
マクシムス………バークリーが担う巨大なリーガル・コッパー種
リリー………テメレアの所属する編隊のリーダー。毒噴きのロングウィング種
ドラゴンの卵1………野生ドラゴンのアルカディが父、リンジが母
ドラゴンの卵2………大型種どうしの交配ながら異様に小さい
ドラゴンの卵3………普及種イエロー・リーパーの卵

フランスのドラゴンと人
リエン………故国中国を離れて、ナポレオンの参謀となった純白の雌ドラゴン。セレスチャル種
ナポレオン………フランス皇帝

150° E
160° E
ソロモン諸島
140° E
トレス海峡
ルイジアード群島
カーペン
タリア湾
10° S
グレート・バリアリーフ
ニューカレド
ニア島
ニューサウスウェールズ
20° S
塩湖
マジャンガパ
ブルーマウンテンズ
ウィラジュリ
シドニー
30° S
バス海峡
スペンサー湾
セント・ヴィンセント湾
ヴァン・ディーメンズ・ランド
（タスマニア島）
140° E
150° E
160° E

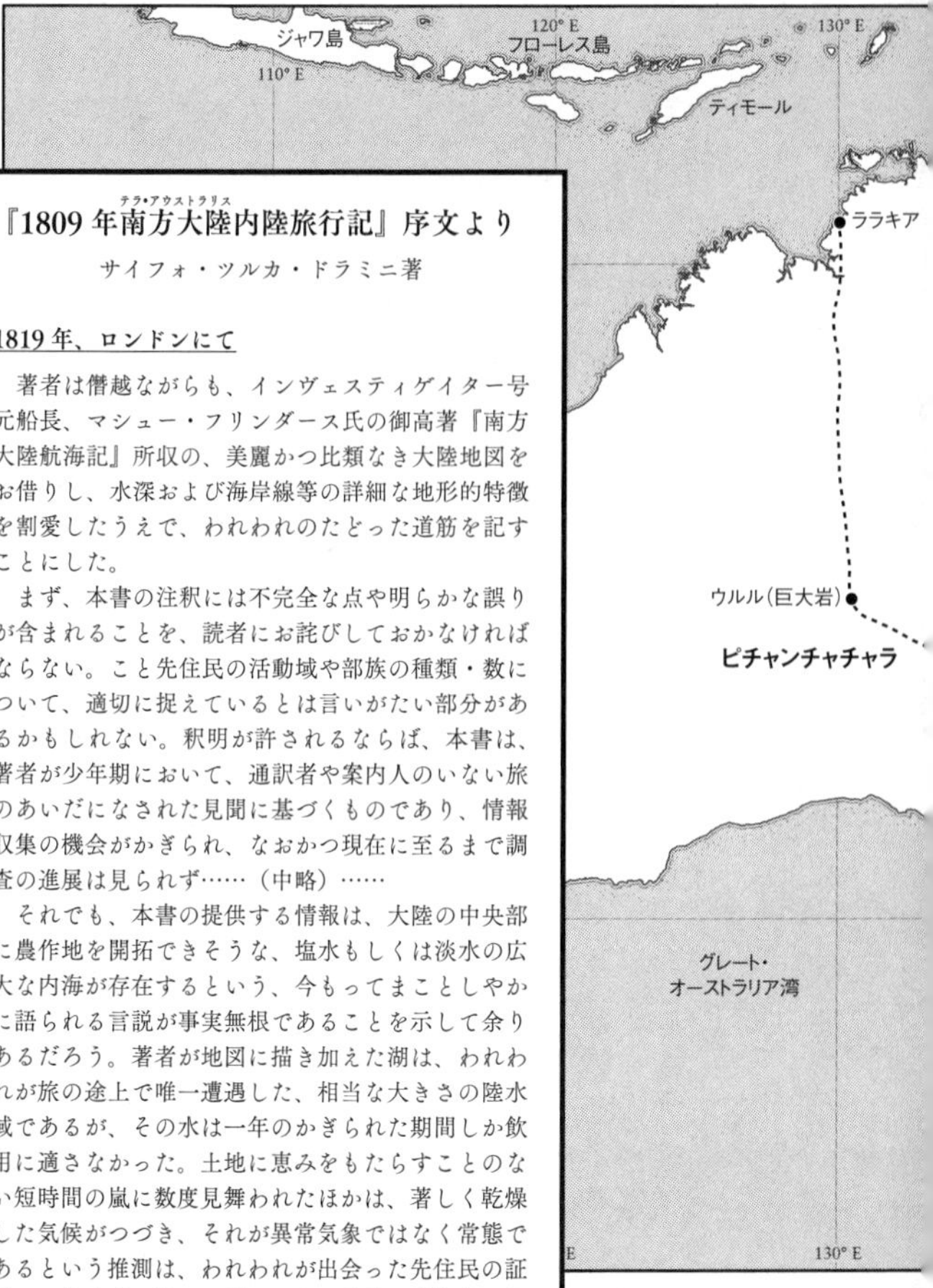

『1809年南方大陸（テラ・アウストラリス）内陸旅行記』序文より

サイフォ・ツルカ・ドラミニ著

1819年、ロンドンにて

著者は僭越ながらも、インヴェスティゲイター号元船長、マシュー・フリンダース氏の御高著『南方大陸航海記』所収の、美麗かつ比類なき大陸地図をお借りし、水深および海岸線等の詳細な地形的特徴を割愛したうえで、われわれのたどった道筋を記すことにした。

まず、本書の注釈には不完全な点や明らかな誤りが含まれることを、読者にお詫びしておかなければならない。こと先住民の活動域や部族の種類・数について、適切に捉えているとは言いがたい部分があるかもしれない。釈明が許されるならば、本書は、著者が少年期において、通訳者や案内人のいない旅のあいだになされた見聞に基づくものであり、情報収集の機会がかぎられ、なおかつ現在に至るまで調査の進展は見られず……（中略）……

それでも、本書の提供する情報は、大陸の中央部に農作地を開拓できそうな、塩水もしくは淡水の広大な内海が存在するという、今もってまことしやかに語られる言説が事実無根であることを示して余りあるだろう。著者が地図に描き加えた湖は、われわれが旅の途上で唯一遭遇した、相当な大きさの陸水域であるが、その水は一年のかぎられた期間しか飲用に適さなかった。土地に恵みをもたらすことのない短時間の嵐に数度見舞われたほかは、著しく乾燥した気候がつづき、それが異常気象ではなく常態であるという推測は、われわれが出会った先住民の証言のみならず、追って明かされる土地の動物相のきわめて特異な適応行動によっても裏づけられている。

第一部

1 酒場の乱闘

シドニーでいちばん大きな港町にも、大通りと呼ぶにふさわしい道は一本きりしかなかった。そして、その一本の大通りですらも、土を踏み固めただけの未舗装の道だった。英領ニューサウスウェールズ植民地において永続するものは、この大通りと、両脇に並ぶ、侘しい小さな建物ぐらいしかない。

サルカイは大通りから逸れると、不規則に入り組んだ狭い小路を抜け、二軒の板壁の建物にはさまれた中庭に足を踏み入れた。屋根はないが、雨をしのげる天幕が張られ、大勢の男たちが仏頂面で酒を飲んでいる。

店の厨房からもっとも離れた場所に、流刑者たちの一団がいた。くたびれた黄褐色のズックのズボンをはき、農園や石切場の労働でほこりにまみれ、みな一様に痩せ細り、疲れきっている。厨房に近いほうには、ニューサウスウェールズ軍団の男たちが幾人かいる。彼らは、店の片隅のテーブルについたローレンスとその連れをうさん臭げに眺めていた。

見慣れない新参者というせいもあるだろう。だがそれ以上に、グランビーの軍服の上着が目立ちすぎていた。暗緑色という珍しい色味に加え、袖口と襟もとに豪華な刺繡がほどこしてある。イスキエルカがこれがあるとグランビーが立派に見えると言い張る金モールと金ボタンは取りはずしてあったが、刺繡だけはそう簡単に取り去ることができない。

一方、ローレンスはごくふつうの茶色の上着だった。いまさら英国航空隊の一員であるかのように装うことなど問題外だ、と本人は思っている。その服装が自分の処遇にまつわるどんな憶測を生もうが、ごらんのとおりだとしか言いようがなく、その処遇がこの地で実際どうなるかについては、ローレンスにもほかの誰にも、いまだよくわかっていない。

「もうそろそろ、約束の人物があらわれてもいいころじゃないかな……」グランビーが渋い顔でサルカイに言った。同席を強く望んだものの、彼はこの計画じたいに賛同していない。

「先方とは、六時に会うことになっています」サルカイはそう答えると、ふいに首をめぐらした。若い将校たちの一団からひとりの若者が立ちあがり、こちらに近づいてくる。

なんの任務もあてがわれない八か月間の航海で、乗組員たちから申し合わせたような侮蔑を受けつづけたローレンスには、つぎになにが起こるかは、おおよそ予想がついた。

うんざりするほど同じことが繰り返されてきた。なにより面倒なのは、侮蔑したがる連中から問いただされ、返答を求められることだった。いっそ、ラム酒の匂いをぷんぷんさせて〝ラム酒軍団〟の異名をとるニューサウスウェールズ軍団のなかでも、とりわけ粗野で浅薄そうなこの若者の口もとに、がつんと一発パンチを見舞ってやればいいのだが……。

ローレンスは嫌悪もあらわに、目の前に立つアグルース中尉を見つめ、手短に返した。「酔っておられるようですね。あなたのテーブルにお戻りなさい。わたしたちにはかまわないでもらいたい」

しかしながら、今回もいつもどおりのなりゆきになった。「なんでだ？　わからねえなぁ」アグルースが言った。舌がもつれてうまくしゃべれないので、いったん言葉を切り、ゆっくりと同じことを繰り返す。「理由がわからねえ。なんで、おめえの指図に従わなくちゃなんねえんだ。犬畜生にも劣る、くそったれ売国奴のおめえの指図によ――」

ローレンスは耳を疑い、まじまじとアグルースを見つめた。こんながさつな言葉は、波止場のかっぱらいにこそふさわしく、まさか士官の口から出てくるとは思ってもみなかった。グランビーがローレンスのような躊躇は見せず、即座に立ちあがって言った。「おい、謝罪しろ。でないと、道に放り出すぞ」

「やれるもんならやってみな」アグルースが身を乗り出し、グランビーのグラスに唾を吐いた。グランビーはローレンスが立ちあがって制するより早く、アグルースの顔にこぶしを打ちこんだ。

礼節を保ちたいというわずかな希望も自制も、その一瞬でローレンスの頭から消し飛んだ。グランビーの腕をつかんで、アグルースの大振りのスウィングの軌道から引き戻し、その同じ手で、今度は自分の顔に飛んできたこぶしをつかんで押し返した。

もう手加減するつもりはない。けんか騒ぎは見苦しいが、こうなってしまっては後に引けないし、これぐらいなら手早く片づけられるだろう。少年時代から艦上でロープを操り、航空隊に移籍したあとはハーネスを握り、こぶしと腕力は充分に鍛えてある。

ローレンスは、アグルースの顎を狙った。アグルースはわずかに宙に浮き、首が後ろにねじれ、胴体が追った。数歩よろめいて倒れ、顔を床に打ちつける。隣のテーブルのグラスがつぎつぎに道連れになり、安酒の香りが床から立ちのぼった。

これで終了のはずだった。しかしながら、アグルースの連れが——全員が士官で、そのうち何人かは彼より年配で酔いも浅かったのだが——席から立ちあがり、間髪容れず飛びかかってきた。ひっくり返されたテーブルにいた東インド会社の船の水夫たちは、酒がだいなしにされたことに憤慨した。水夫や労働者や兵士からなる雑多な集まりは、おおかたがへべれけの一歩手前だった。ローレンスの見るところ、この界隈の女不足はほかの港町の比ではなく、ちょっとしたけんか騒ぎですらも弾薬庫に火種を投げこむようなものだった。

ニューサウスウェールズ軍団の別の士官がローレンスにつかみかかってきた。アグルースよりも大柄で、おそらくは酒太りで顔がむくんでいる。ローレンスは体をひねって突進してきた男をかわすと、床に転がし、テーブルの下に押しこんだ。サルカイはといえば、早くも手慣れたようすでラム酒の瓶をつかみ、飛びかかってきた男のこめかみを殴りつけている。おそらくアグルースとはなんのつながりもない男だろう。グランビーは三人の男につかまっていた。そのうちふたりはアグルースの仲間でいきり立っているが、腰にしがみつく男は、宝石で飾られた剣とベルトが欲しいだけと見える。ローレンスは盗っ人の手を払い、襟もとをむんずとつかんで、中庭に投げ飛ばした。

グランビーの叫ぶ声がした。ローレンスが振り返ると、赤錆だらけのナイフがグランビーの目を狙い、彼が首をすくめて切っ先をかわしたところだった。

「やめろ! 気は確かか?」ナイフを持った男の手をつかんでねじり、凶器をもぎとった。三人のうちの最後の男を殴り倒したグランビーが、そこに加勢した。乱闘はまたたく間に拡大した。サルカイが落ちつき払って、倒れた椅子を放り投げ、テーブルを蹴り倒し、ラム酒のグラスを投げつける。ラム酒が顔にかかった客たちが血相を変えて立ちあがった。

ローレンスとグランビーとサルカイは三人きりの仲間どうしだが、幸いなことに、ニューサウスウェールズ軍団のほうが先に、怒った男たちに取り囲まれ、標的にされた。ことに流刑者たちは、鬱憤晴らしのチャンス到来とばかりに、浮き足立ってけんかに加わっていた。とはいえ、怒りの対象が明確とはかぎらず、ローレンスの目の前にいた士官を頑丈な椅子で殴り倒した男が、それと同じ勢いで、今度はローレンスに襲いかかってきた。

ローレンスは、振りおろされた椅子をよけようとして、濡れた床に足を滑らせ、片膝をついた。とっさに男の両脚をつかんだのが裏目に出て、よろけた男が体ごとローレンスの上に倒れこんできた。椅子に肩を直撃され、男と折り重なって床に転がった。

シャツが半ズボンからはみ出していたので、ガラスの破片に脇腹を刺された。図体のでかい流刑者がローレンスを罵り、こぶしで横っ面を殴りつける。前歯で唇を切り、口中に血の味が広がった。視界に霞がかかったまま、男と組み合い、床をごろごろ転がった。しばらく意識が飛んだ。相手の男をさんざん殴ったが、一回転して下になるたびに、こぶしが振りおろされ、後頭部が床と激しくぶつかった。

情も知もない、獰猛なけものの戦いだ。朦朧としていたが、蹴られたり、壁かあるいは壊れた家具の一部にぶつかったりするのはわかった。組み合った相手が意識を失いかけ、ようやくローレンスは覚醒した。髪をわしづかみにされていたので、相手の指を無理やり押し広げて突き放し、ふらつきながら上体を起こした。床を転がるうちに、いつしか厨房の手前にある木製カウンターまでたどり着いていた。カウンターの端に手をかけ、ぐいっと体を引きあげた。思っていた以上に力がいる。脇腹に鋭い痛みが走り、頬（ほお）や手の傷がひりひりと痛んだ。顔を手でさぐり、頬に刺さったガラスの破片を抜いて、カウンターに置いた。

乱闘は、収束（しゅうそく）に向かっていた。ローレンスに染みついた戦いの感覚からすると、いささか早すぎた。乱闘に参加した男たちに真剣味が欠けている。真剣に戦ったところで、ここで得られるものなどなにもないからだろう。ローレンスは足を引きずって、グランビーのそばまで行った。

アグルースとその仲間がもがきながら立ちあがり、力も尽きかけているのに、それでもまだ店の片隅にグランビーを追い詰め、つかみかかろうとしていた。敵意は満々だが、疲労は隠せず、グランビーをつかんだまま体をゆらゆらと揺らしている。ローレンスは割って入り、グランビーを士官たちから引き剝（は）がし、ふたりで体を支え合いながら店を抜け出した。狭い小路には汚臭が漂っていたが、それでも天幕の下にいるよりましだった。

霧雨が降っていた。ローレンスは壁を見つけて、ありがたくもたれかかった。壁はひんやりして心地よく、雨のしずくで光っていた。数歩先に、どぶに吐き散らす男がいるのを見つけ、自分も胃がむかむかしてきたので、もう見ないようにした。ふたりの女がスカートをつまみあげ、吐瀉物をよけて、ローレンスたちの横をなに食わぬ顔で通り過ぎた。女たちは酒場の騒動に目をくれようともしない。

「なんとまあ、ひどい顔になりましたね」グランビーがローレンスをつらつらと眺め、気落ちした声で言った。

「だろうな」ローレンスは自分の顔を慎重に手でさぐった。「たぶん、肋骨も二本ぐらいひびが入っている。しかし、きみの顔だって相当なもんだぞ」

「でしょうね」グランビーが返す。「できれば、どこかで部屋を借りて、汚れを洗い落としてから帰りたいもんです。こんなぼくを見たら、イスキエルカがどうなってしまうことやら」

ローレンスにはイスキエルカがどうなるか察しがついたし、テメレアについても同様だった。これから先、テメレアとのあいだで、この植民地のことを話題にのせることもできなくなるだろう。

「さてと」ふたりに合流したサルカイが、首に巻いていたクラヴァットをほどき、片手の止血に使いながら言った。「先刻、待ち合わせの相手とおぼしき男が店をのぞくのを見たのですが、残念ながら、あんな騒ぎだったので、店の中までは入ってきませんでした。もう一度、最初から段取りをつけなければなりませんね」

「いや……」ローレンスは唇と頰からハンカチーフで血をぬぐって言った。「もう忘れてくれ。その人物から聞き出すまでもないだろう。ニューサウスウェールズ植民地と、そこの軍隊の規律がどの程度のものかは、充分に思い知らせてもらったよ」

テメレアはため息をつき、カンガルーのシチューの最後の肉片をつついた。カンガルーは、鹿ほどではないが、いかにも獣肉らしい匂いがあり、魚がつづいた長い航海のあとに食べたときは、これならいける、と思ったものだ。しかし、文句なく旨いとは言えない。料理の種類もかぎられ、シチューにすると硬くなり、必要な香辛料が入手できないので、なおさらぼんやりした味になった。

港の見える岬にあるこの高台からは、柵囲いのなかで飼われた旨そうな牛が何頭か見える。しかし、牛は高くつく買い物なのだろう。ローレンスが財産を失ったのは自分のせいだと感じているテメレアは、もちろん、そんな高価な食べ物をねだるようなことはせず、単調な食事への愚痴も呑みこんできた。残念なのは、料理人のゴン・スーがそんなテメレアの沈黙を承認と受け取っていることだ。この四日間、朝も夜もカンガルーのシチューがつづき、ひと切れのマグロさえ出てこなかった。

「なんで自分たちで狩りに行っちゃいけないの？　さっぱりわかんない」イスキエルカが自分のボウルをべろべろと舐めまわしながら言った。上品な食事作法を身に付けようという気は、さらさらないらしい。「でかい土地なんでしょ。ちゃんとさがせば、もっとおいしいものだって見つかるはずよ。きみがさんざん話の種にしてきた象だっているかもしれないじゃない。あたしも一度、食べてみたい」

ふんだんな胡椒とセージで風味付けされた旨い象のためなら、テメレアはなにを差し出してもいいとさえ思っていた。が、いまここでイスキエルカを焚きつけるようなことは言いたくない。「勝手に飛んでいったら、迷子になるのが落ちさ。ま、きみがそうなっても、ぼくはかまわないけどね。あの山の向こうから先がどうなってるかは、誰も知らないんだ。人も住んでいないから、道を訊くこともできない。人もいなければ、ドラゴンもいない」

「ばかばかしいったらないわね」と、イスキエルカが返した。「あたしはカンガルーでいなんて言わない。カンガルーはおいしくないし、お腹だっていっぱいにならない。それでも、去年スコットランドの戦いで食べてたものよりひどいってわけじゃない。ばからしいって言ってるのは、ここ以外にはなにもいないって決めつけることよ。ありえないでしょ？　この大陸にもここじゃないどこかにドラゴンがたくさんいて、きっと、あたしたちよりいいものを食べてるんだから」

その可能性は、テメレアにもないとは言いきれなかった。あとでローレンスと話し合ってみよう――と考え、ローレンスが出ていってからずいぶん時間がたっているのに気づいた。「ローランド！」少し心配になって、エミリー・ローランドに呼びかける。保護者のようにローレンスを気遣う必要はないとわかっているが、夕食前には戻って、きのう街で手に入れた小説を少しだけ読み進めるという約束があったのだ。

「ねえ、ローランド。もう五時を回ってるんじゃない？」

「ええ、もう六時近いはず」エミリーが剣をおろして言った。空き地でディメーンと剣術の練習をしていたのだ。ズボンから飛び出したシャツの裾で顔の汗をぬぐうと、高台の突端まで行って、ふもとにいる水夫と大声で話し、また戻ってきた。「六時どころか、七時十五分だった。ああ、なんか変だ。クリスマスも近いのに、こんなに日が長いなんて！」

「変でもなんでもないさ」ディメーンが言った。「イングランドが冬だから、ここも冬だと言い張るきみが変なんだ」

「そんなことより、こんなに遅くまでグランビーは、どこ行ってるの？」話を聞きつけたイスキエルカがさっと身を起こして尋ねた。「いいところに行くわけじゃないって聞いてたけど……。でなきゃ、あんなみすぼらしい身なりで送り出さなかった」

テメレアはぴくりと冠翼（かんよく）を逆立てた。ローレンスには金モールも金ボタンもない質素な上着一枚きりしかなく、どこへ行くにも、それをはおっていく。ローレンスさえその気になれば、身なりをよくするのはむずかしいことではないのだが、テメレアがいくら自分のかぎ爪飾りで金を工面してほしいと頼んでも、ローレンスは頑（がん）として受け入れない。テメレアにとっては、こんな世界の果てのような土地で、あのかぎ爪飾りを付けて出かけるところなどあるはずもないというのに。

「ぼくが行って、ローレンスをさがしてきたほうがいいね」テメレアは言った。「こんなに長く、ここから離れるつもりじゃなかったはずなんだ」

「あたしもグランビーをさがしにいく」イスキエルカが勢いこんで言った。

「いや、どっちも行くのはだめだ」テメレアはいらっとして言った。「誰かが卵を守ってなくちゃ」ここは譲らないという眼で、ドラゴンの卵のほうをちらっと見た。

三個の卵は毛布にくるまれ、帆布製の天蓋の下に、台座にのせて置かれている。テメレアは、この卵の扱いにいささか不満を持っていた。温暖な気候とはいえ、性能のよい石炭こんろがあってもよかったのではないか。卵に直接触れるものは、もっと柔らかな布のほうがよかったのではないか。それに、テメレアには天蓋が低すぎて頭を突っこめず、鼻先で卵の殻が硬くなったかどうかを確かめることもできない。

上陸早々、この三個の卵に関して、小さなもめ事が生じた。英国航空隊士官のなかから、テメレアが卵を守ることに反対する者たちがあらわれたのだ。彼らはまるで自分たちだけで卵を守らせろと言いたげな口ぶりだった。ばかばかしい。そのうえ、ローレンスが卵を持ち去ろうと考えているのではないかとまで言い出した。テメレアは鼻で嗤ってやった。

「ローレンスがほかのドラゴンを欲しがるわけないよ。このぼくというものがありながら。そもそも、卵を持ち去られて困るなら、なんでわざわざ地球の裏側まで——正式な国家でもない、ドラゴンもいない、こんな辺鄙な土地まで、嵐や大海蛇にじゃまされながら卵を運んでこようとするのさ。ぼくなら、ぜったいにそんなことは考えつかないね」

「ミスタ・ローレンスは、ほかの罪人と同じように、重労働刑に送りこまれるはずですよ」同じとき、フォーシング空尉が愚かにも口を滑らせた。テメレアがそれを許すとでも思っているのだろうか。

「聞き捨てならないな、ミスタ・フォーシング」話を聞いていたグランビーが近づいてきて言った。「そんな思慮を欠いた発言をするとは、きみの見識を疑うよ。この件について私見を述べるのは慎んでもらいたい。そう、きみもだ、テメレア」

「ふふん、ぼくはなにも言わない」と、テメレアは言った。「不満ひとつ言わない。だって、言ったところで意味ないからね。だって結局――」と、フォーシングとその仲間のほうを向いてつづけた。「あなたたちは、自分たちだけで卵のお守りがしたいんじゃないか。卵のなかの幼竜に入れ知恵されるんじゃないかと心配なんだ。だけど、考えてもみてよ。出てきた幼竜はすぐにハーネスを付けられるわけだし、運まかせで、あなたたちのどちらかを担い手として選ぶしかない。

あなたたち、きのうの夜に士官室で、くじ引きするかどうか話し合ってたそうだね。いいよ、ごまかさなくて。ぼくはそれに首を突っこむつもりはないから。でも言わせてもらえば、卵から出てきた幼竜があなたたちのものになるのはいやだな——あなたたちの誰でも」

こうしてテメレアの主張が通り、三つの卵はいまのところ、まずまず安全に快適に保管されている。しかし、あんな悪意に満ちた妄言を吐くやつらのことなど、まったく信用がならない。わずかなチャンスさえあれば、卵に忍び寄り、かっさらっていくつもりではないだろうか。テメレアは用心のために体をテントに巻きつけるようにして眠り、ローレンスは、ローランドとディメーンとサイフォにも見張りを命じた。しかし残念ながら、ローレンスをさがしに行くとしても、いまここに、卵を守る責任を託せるものはいない。とりわけイスキエルカは、卵の見張り役として時間の長短にかかわらず信用できない。ただ幸いにも、小さな街なので、街のどこからでも首を伸ばせば、この高台を見あげることができた。ローレンスをさがして連れ帰る時間くらいなら、ここから離れてもなんとかなるだろう。ローレンスに乱暴をはたらく輩が街にいると決めつけるつもりはないが、兵士たちはときに無責任な行動に走る。そのうえ、フォーシングのあの不穏当な発言が、テメレアの頭の片隅に引っかかっていた。

もちろん、ローレンスが流刑者であることを否定はしない。反逆罪で死刑を宣告されたが、〈シューベリネスの戦い〉のあと、ウェルズリー将軍改めウェリントン公爵の計らいで流刑へと減刑された。けれども、オーストラリアまで運ばれてきた時点で、ローレンスの刑は終わったのではないか、というのがテメレアの考えだ。ここまで運ばれてきただけで、もう充分に罪を償ったとは言えないだろうか……。

哀れなアリージャンス号は、哀れな囚人たちを限界まで詰めこんでいた。囚人たちはつねに手と足を鎖でつながれ、ひどい臭気を漂わせていた。ガチャガチャと鎖を鳴らして運動に連れ出されることもあったが、そのうち何人かは拘束されたまま力なくひきずられていた。まったく奴隷のようだ、とテメレアは思った。貧しい人がちょっとなにかを盗んだくらいで、あまりの仕打ちじゃないか。持ち主の管理がずさんで、見張りがいなければ、誰だって牛や羊を失敬することぐらいはあるんじゃないだろうか。

アリージャンス号の環境は、奴隷船なみにひどかった。甲板の厚板の隙間から立ちのぼる汚臭を、風がほぼ休みなくドラゴン甲板まで運び、甲板下の厨房で塩漬け豚肉を茹でる匂いさえ掻き消してしまった。航海に出ておよそ一か月後、テメレアはローレンスにあてがわれた船室が、囚人たちの檻房のそばにあるのを知った。そこも劣悪な状態にちがいなかった。

それでも、ローレンスは不満を口にしなかった。「愛しいテメレア、わたしはだいじょうぶだ。昼間と過ごしやすい夜なら、ドラゴン甲板で自由を満喫できる。これは士官さえ享受できない特典だ。わたしは、任務に就いているわけじゃない。それなのに、これ以上の待遇を望むのは、つまりほかの誰かと船室を交換してくれと願い出るのは、正しい行いとは言えないな」

そんなわけで、まったく楽しみのない航海だった。こうしてオーストラリアにたどり着いてもなお、誰ひとり楽しい思いはしていない。カンガルーしか食べられない問題はさておき、ここは人が少なく、まともな街がない。

ドラゴンがひどい住まいを与えられているのは英国で見慣れていたが、ここでは人間がドラゴン基地の宿営と変わりない、みすぼらしい場所に寝起きしていた。その多くはテントか安普請の小さな家で、ドラゴンがその上空をかすめるだけで——それほど低空飛行でもないのに——壊れてしまい、住人たちがわめきながら飛び出し、文句を言った。

そして、ここには戦いもない。航海中には高速のフリゲート艦が鈍重に進む巨大なアリージャンス号のかたわらを通り、手紙や新聞を届けることがあった。テメレアはローレンスに読み聞かせてもらい、ナポレオンが現在、スペインに戦いを仕掛け、海岸沿いの街をつぎつぎに攻め落としているのを知った。

ナポレオンはきっと、リエンも帯同しているにちがいない。にもかかわらず、自分は地球の反対側で、無意味な日々を過ごしている。なんて理不尽なんだろう。天の使い種は戦うべきではないと考えるリエンが戦いの渦中にあり、戦いたくてたまらない自分がいまここで卵のお守りをしているなんて……。

航海中にも、気晴らしになるような小さな交戦はなかった。一度だけフランスの私掠船を見かけたが、小さな船は総帆を広げて逃げ去り、イスキエルカだけが追いかけた。テメレアが行かなかったのは、そんな無益な行為のために卵から離れてはならないと、ローレンスから厳命されたからだった。その数時間後、イスキエルカが手ぶらで帰ってくると、テメレアは大いに溜飲をさげた。

フランス軍は、シドニーを攻撃しそうになかった。ここを攻略したところで、得るものといったらカンガルーとあばら屋ぐらいのものだ。この地でなにをすることになるのか、まったくわからない。三個のドラゴンの卵はいずれ孵化することになる。そう遠い日ではないだろう。だとしたら、あとはぼんやりと海を見ていることになるのか。いまはそれぐらいしか、ここでやることを思いつかない。

土地の人々は農業を営んでいるが、あまりおもしろそうではなかった。罪人たちは朝になると隊列をつくってどこかに出かけ、夕方になるとまた隊列をつくって戻ってくる。ある日、テメレアは空からあとを尾けてみた。彼らはただ石切場で石を切り出し、それを荷車に載せて街に運んでくるだけだった。なんとも効率が悪い。自分なら荷車五台分の積み荷を一度の飛行で、それも約十分間で運べる。だが、テメレアが協力しようと石切場に舞いおりると、罪人たちが蜘蛛の子を散らすように逃げ出し、その後、ローレンスが軍人たちから厳しく注意を受けることになった。

軍人たちは、ローレンスに好意的ではなかった。なかでもとびきり無礼な男が言った。「あなたが石切場に来るなら、一日五ペンスで雇いますよ」

テメレアは、頭をぐっとおろして、男に言った。「二ペンスくれたら、あなたを海に沈めてあげるよ。あなたがなにをしてきたかなんて、ぼくは知りたくもないけどさ、あなたがここでぼやっとしているあいだ、ローレンスはぼくといっしょに数々の戦いに勝利し、ナポレオンを英国から追い払ったんだ。あなたがたは、牛を満足に増やすことさえできなかったくせに」

テメレアはいまになって、あんなふうに愚弄するのは賢明ではなかったと思う。いや、そもそもローレンスを街に送り出すべきではなかった。街にはローレンスを石切場に送りこみたい連中がいるのだから。

「ぼくがローレンスとグランビーをさがしてくる」テメレアはイスキエルカに言った。「きみはここに残るんだ。きみが行って、不用意に火を放つようなことがあっちゃ困るから」

「あたしが不用意に火を放つわけないでしょ！」イスキエルカが言った。「グランビーを助け出すためでなきゃ」

「だから、そこ」と、テメレア。「火を放つのが、なんの役に立つって言うのさ」

「グランビーがどこにいるか、誰も教えてくれないんなら、しかたないでしょ」イスキエルカが言った。「なにかに火をつけて、教えないなら、ほかも全部燃やしちゃうよって言ってやる。それなら、みんな建物から出てくるんじゃない？」

「なるほど」テメレアは言った。「それでもし、きみが火をつけた家にグランビーがいたら、彼は大火傷。ま、いない場合もあるだろう。だけど、きみがその気じゃなくても、火があっちこっちの家に燃え移り、グランビーがそのどれかにいるってこともあるな。ぼくなら屋根を持ちあげる。そして、ローレンスたちが中にいたら助け出す。いなくても、どのみちそれで、どこにいるかは教えてもらえるんじゃない？」

「あたしだって、屋根ぐらい持ちあげられるわよ！」イスキエルカが言った。「きみ、嫉妬してるんでしょ？ グランビーのほうがみんなに追いかけられるから。黄金できらきらしてて、うんとすてきだから」

テメレアは深々と息を吸いこみ、こみあげる怒りとともにハーッと吐き出した。

エミリー・ローランドがとっさに割って入った。「もう！ けんかはやめて！ あ、ほら、帰ってきた。ほらほら、道をこっちに歩いてくる。間違いないです」

テメレアは首を伸ばした。街の小集落からあらわれた小さな人影が、家畜用の狭い道を高台に向かって歩いてくるのが見えた。

テメレアとイスキエルカが頭を高く持ちあげ、ふもとを見おろすのが見えた。ローレンスは片手をあげ、肋骨の痛みをこらえて勢いよく振った。汚れを洗い流し、ぞんざいながらも繃帯を巻いたが、痛みはいっこうに引かなかった。だがそれでも、傷口は隠せていた。

「まあ少なくとも、あの子たちを街まで来させずにすみましたね」グランビーが言い、自分の腕をおろすとき、かすかにびくっとした。調子を見るように、慎重に腕を動かしている。

のぼり坂にもひと苦労で、ゆっくりと進んだものの、脚が勝手に震えだし、ようやく高台のてっぺんにたどり着いて、間に合わせのベンチに腰をおろした。

テメレアがさっと頭を低くし、鼻をひくひくさせた。「あなたは怪我をしてるね。出血してるでしょ」にわかに心配そうな顔になる。

「心配しないでいいよ。街でちょっとしたいざこざがあっただけだから」ローレンスは事件の程度を偽って軽く言うことに後ろめたさを覚えたが、それでもテメレアの怒りが事態を紛糾させるのを避けたかった。

「大切なイスキエルカ、古い上着で行ってよかったよ」急に思いついたようにグランビーが言った。「ほら、このとおり汚れて、破れて。いい上着だったら、きみは気にするだろう?」

そう言われて、イスキエルカの関心はグランビーの青痣ではなく衣服に向かい、すべては、ここの劣悪な環境のせいだと即断した。「あんな俗悪な街に行ったら、ろくなことないわ。だいたいなんで、いつまでもここにいるの? さっさと英国に帰ったほうがいいのに」

2 許しがたいあいつ

「ちっとも驚いちゃおらんよ」と、ウィリアム・ブライが言った。それは、アリージャンス号がシドニーに到着する前、ヴァン・ディーメンズ・ランド〔現タスマニア島〕に立ち寄った夜のことだった。ライリー艦長が催した晩餐のあと、出席した全員が艦尾甲板でコーヒーと葉巻を愉しんでいた。「いやいや、ちっとも。あそこはいま、犬や羊が娼婦に産ませた腐れ畜生どもの土地になっておるんですよ、キャプテン・ローレンス」

ブライの言葉遣いも、その犬や羊のなんとやらと大差ないほどひどかった。国王陛下の任を受けたニューサウスウェールズ植民地総督であり海軍士官でもあるブライに対してこう断じたくはないのだが、彼はいかにも関わりたくない人物だった。ウィリアム・ブライは、かつてみずから率いるバウンティ号で水兵たちの反乱に遭い、艦載ボートで海に追放されたが、三千マイルの距離をみごとに乗り切って生還を果たした。

そのときの彼の卓越した航海術は、いまも語りぐさになっている。ローレンスとしては、好きになれないまでも、せめて敬意ぐらいは持てるだろうと最初は思っていた。しかし、アリージャンス号が水を補給するためにヴァン・ディーメンズ・ランドに停泊すると、なんと、シドニーで会うはずだったニューサウスウェールズ植民地総督のブライがいた。彼は、ラム酒軍団、すなわちニューサウスウェールズ軍団の反乱によってシドニーから追われ、恨み骨髄に徹してこの島に暮らしていたのである。

苦境がつづいたせいなのか、ブライの薄い唇のまわりにしわがより、毛髪の後退でひたいがやけに広くなっている。ひたいの下の目鼻立ちは、いかにも繊細で不安に駆られやすい性格を想像させるが、彼は自分が不当に扱われた今回の事件に関して、その容貌には似つかわしくない粗暴な言葉で不満をまくしたてた。

ヴァン・ディーメンズ・ランドに追放されたブライにとって、この島を通過する英国海軍士官たちに熱弁をふるい、みずからの復権を訴えるほかに打つ手はなかった。しかしこれまでのところ、すべての賢明な紳士は、海を越えてはるか本国まで反乱事件の報告が届き、それに対して英国政府の公式の見解が出るまでは、この件には関わらないと決めたようだ。

　おそらくこの件は、ナポレオンによる本土侵攻とその余波という英国の激震のなかで、対処されず放置されてきたのではないかと、ローレンスは想像した。ここまで事態が膠着している理由はそれしか考えられない。本国から新たな命令書も届かず、総督の代理も立たないまま、シドニーではニューサウスウェールズ軍団とそれを支持する資産家たちがますます権勢をふるっていた。

　アリージャンス号がヴァン・ディーメンズ・ランドの港に着いたその夜、ブライはみずから舟を漕いで、ライリー艦長に相談を持ちかけにやってきた。自分を晩餐に招待させるよう言葉巧みに誘導し、晩餐の席では、艦長の権限を無視して、自分が会話を主導した。海軍出身のブライが、座は艦長が仕切るという慣習を知らないはずはないのだが……。

「もう一年だ。それでも返信が来ない」と、ブライは唾と怒りを撒き散らし、片手をあげて、ライリーの給仕にワインのお替わりを求めた。「まるまる一年がたったんですよ、艦長。そのあいだにシドニーでは、あの下劣な毒虫どもが、民衆にやりたい放題やらせ、堕落への道に誘いこんでおる。やつらはかまやせん、そう、かまやせんのです。あの植民地ではなにが起きようが、産み落とされるガキどもがどうなろうが、そいつらが農場でほそぼそとでも働き、おとなしく支配されているかぎりは。ラム酒を大量に売りさばくことだけが、やつらの行動原理です。あの土地では、酒こそが通貨であり、神なのですぞ」

そう言いながら、ブライ自身もワインを——かなり酸っぱくなった代物だったが——遠慮なく飲み干し、ライリー秘蔵のポートワインにも手を出した。そして、乾パンとたまさかの肉だけで生き延びてきた船乗りのように料理をたいらげた。

ローレンスは、ワイングラスの柄を指でもてあそびながら黙っていた。ブライにはいささかの共感も覚えなかった。あとわずかでも自制心が不足していたら、自分もブライと同じ熱心さで、テメレアを国外追放することになった英国政府の臆病さと愚かさをこきおろしていたかもしれない。

ローレンスにも復帰したいという思いはあった。それはたとえ軍の階級や社会的地位は戻らなくとも、せめてテメレアといっしょに自分たちが役に立てる場所に戻りたいという欲求だった。世界の果てのような土地の侘しい石に腰かけて天を呪うことなど、望むわけがない。

しかし、ブライが失脚したいま、そんな自分の望みは断たれたも同然だった。ローレンスとテメレアにとって復権につながる唯一の道は、植民地総督による赦免——せめて総督から自分たちの復権を促すような報告書が、恐れと偏った知識によって、自分たちを追放した英国政府に送り届けられることだった。

それは細い頼みの綱だとしても、本国にいるジェーン・ローランドは確実に、国が一頭だけ保有する天の使い種の復帰を願っていた。同種のリエンを敵に回して戦うからには、是が非でもテメレアを取り戻したいと考えているはずだ。〈シューベリネスの戦い〉におけるリエンの攻撃は、大量殺戮にも等しい甚大な被害を英国艦隊にもたらした。それが軍関係者にセレスチャル種に対する迷信的な恐れを生んだ。ローレンスは、時の経過とともにその恐れが薄れ、価値の高い〝兵器〟を衝動的に手放した人々に悔いが芽生えはじめるのではないかと、一縷の望みをつないでいた。

ジェーンが激励と助言の手紙をくれた。〝ヴァイスロイ号の修理が終わり次第、あなたがたを迎えにやらせるという嘆願書を出すつもりです。どうか総督には礼儀正しく接し、あなたがたのほうから大きな騒ぎを起こさぬようにしてください。ニューサウスウェールズ植民地からのつぎの報告書に、良きにつけ悪しきにつけ、あなたがたのことがひと言も書かれていないほうが望ましいのです。くれぐれも、おとなしく〟

しかしながら、その一縷の望みも、晩餐の席でブライが汚れた口もとをナプキンでぬぐい、それをテーブルに放り出して話しはじめたときに、断たれてしまった。「わたしは遠回しに言いやしませんよ、ライリー艦長。どうか、この状況で、あなたの責務がなにかをご理解いただきたい。あなたにもお願いします、キャプテン・グランビー」

つまりは、自分をシドニーに連れていけということだった。砲撃で脅し、植民地を奪還し、反乱の首謀者であるマッカーサーとジョンストンを裁判にかけろ、と言いたいのだ。

「あの悪党どもを即刻、謀反人として縛り首にしてやりたい」と、ブライは言った。「やつらの禍害に報いるには、それっきゃありません。ああ、やつらにへつらう連中への見せしめに、うじ虫のたかる骸を一年間はさらしものにしてやりたい。そうすりゃ、少しは規律も戻るでしょう」

「いや、無理です」グランビーが、ワインをぐいっとあおったあと、ぶっきらぼうに返した。彼はあとでローレンスとライリーに耳打ちした。「あのご仁の復権に協力する義務がぼくらにあるんですかね？　三度も四度も反乱を起こされるなんて、運の悪さのほかにもなにかあるはずですよ」

　ライリー艦長は、グランビーよりは丁重に断った。だがそれでも、ブライは言った。

「それじゃ、わたしを艦に乗せてもらえませんか？　英国に戻って、今回の事件について直接わたしから報告したい。まさか、それさえ無理とはおっしゃいませんでしょうな」

　ブライは強気だった。もし、ライリーがブライの乗船まで断れば、政治的に危うい立場に置かれることになる。彼には、ドラゴンの担い手であるグランビーのような確固たる地位はなく、大きな後ろ盾があるわけでもない。しかし、ブライの真の目的は、英国に戻ることではなく、シドニーに戻って、アリージャンス号に守られながら、本国から来た一行を味方につけ、復権の画策を練ることにあるようだった。それがどれだけ長くかかろうが、彼はアリージャンス号を港に留めおく腹づもりのようだ。

　ブライの態度から察するに、ローレンスはブライから協力を求められてはいなかった。もちろん、本国政府から、〝ブライを総督職に戻し、テメレアに反乱を鎮圧させよ〟という命令が下れば、話は別だ。しかし、ローレンスにとって、そんな方針は自分に利するとしても、感情的に許せなかった。かつて一度だけ、戦場において、そんなやり方を自分とテメレアに課した。英国にフランス軍が侵攻し、国家存亡のきわで、ウェリントン公爵、すなわちウェルズリー将軍から命が下ったときだった。あのときのことが、いまも慚愧の念を掻き立てる。もう二度と、あのような命令を受け入れるつもりはない。

しかし一方、もしシドニーに着いて、権力を握ったニューサウスウェールズ軍団のために働けば、反乱の片棒を担ぐのも同然だろう。たいした政治的知見がなくとも、それくらいはわかる。ローレンスにとって、反乱軍に加わったと責められるのは、あらゆる非難のなかでもっとも耐えがたく、また、自分とテメレアに敵対する本国の勢力にとっては、もっとも想像にかたくない、利用すべきチャンスとなるはずだった。つまり、帰国の望みが永遠に断たれるということだ。

「ぜんぜんむずかしくない、簡単な話だよ。あなたが誰かに仕えなきゃならない理由なんてどこにもないんだ」と、テメレアがきっぱりと言った。一行がヴァン・ディーメンズ・ランドを離れて、シドニーに向かっているときだった。アリージャンス号の甲板で、ローレンスはふと、心に引っかかっていたことを口にした。長い航海も目的地まであとわずか――以前なら喜びに満ちて、もっと速く進めばいいのにと思ったろうが、今回は喜びからはほど遠く、もっと速度が落ちればいいのにとさえ思っていた。

「航海中もうまくやってきたし、これからだってうまくいくよ。たとえ、いやな連中がなんだかんだと言ってこようがね」テメレアがつづけて言った。

「法的には、わたしはいま、ライリー艦長の監督下にある。それはしばらくつづくだろう」ローレンスはテメレアに言った。「でも、そう長くじゃない。通常のやり方をとるなら、ライリーはわたしをほかの囚人といっしょに、土地の統治者に引き渡すことになるはずだ」

「なぜ、ずっとライリーじゃだめなの？　彼は道理のわかった人間だよ」テメレアは言った。「あなたが誰かの監督を受けなきゃならないんなら、ぜったい、ブライよりライリーのほうがましだよ。ぼくらの読書をじゃまするやつなんか嫌いだ。四度もだよ。それも、植民地の人間がどんなに厄介か、どんなにラム酒を飲むかをあなたに話したいだけなんだ。そんな話に誰でも興味を持つとでも思ってるのかな、信じられないよ」

「愛しいテメレア、ライリーはわたしたちと長くいられない。ドラゴン輸送艦を港にこのまま停泊させておくことはできないんだ。今回はじめて、世界のこの地域まで来ることを許された。それも、わたしたちを送り届けるためだけに。だから、汚れを落とし、ケープ植民地近くで強風にやられた中檣(トップマスト)を取り替えたら、アリージャンス号は去っていく。おそらく、わたしたちのつぎにシドニーに到着する英国艦が、ライリーへの新しい命令書を持ってくるはずだ」

「ふふん」テメレアがわずかに目を伏せた。「そして、ぼくらは残るわけだね」

「そうだ」ローレンスは静かに言った。「……残念ながら」

ドラゴン輸送艦がなければ、この新しい環境で、テメレアは完全に囚(とら)われの身になってしまう。この地には大きな船がなく、テメレアのような重量級ドラゴンを運べる商船もやってこない。

そして、重量級ドラゴンがほかの大陸まで安全に渡れる飛行ルートも存在しなかった。耐久力を備えた小型の伝令竜なら可能かもしれないが、それさえも、熟練の飛行士が騎乗(きじょう)し、天候と運に恵まれ、なおかつ無人島や岩礁(がんしょう)におりて時折り休むことができればの話だ。英国航空隊は通常の任務で、そのような危険を伝令竜に冒(おか)させはしなかった。もちろん、その飛行ルートをテメレアが使うことには甚大な危険が予測される。

ライリー艦長がアリージャンス号とともに去るときには、グランビーとイスキエルカも同行することになっていた。テメレアのようにこの地から抜け出せなくなるのを避けなければならないからだ。そうなれば、この地にドラゴンは一頭きり。あとは孵化を待つドラゴンの卵が三個あるものの、卵からどんなドラゴンが出てくるかは、皆目わからない。

「ううん、残念じゃないよ」テメレアはそう言いながら、険しい眼でイスキエルカを見やった。眠っているイスキエルカの横腹に並ぶ棘状の突起から、大量の蒸気が噴き出している。それがしずくとなって甲板に流れ落ち、テメレアのいるところまで水浸しになっていた。

「いっしょに帰りたいわけじゃないんだ。そりゃあ、マクシムスやリリーにもう一度会えたらうれしいし、ペルシティアが自分のドラゴン舎でどんなふうに暮らしているかも知りたい。でも、ぼくらが落ちついたころ、きっとみんな、ぼくに手紙をくれるよ。だから、イスキエルカなんか、いつだって好きなときに出ていけばいいんだ」

テメレアはこの処遇を、思っていた以上に重い罰と受けとめているようだ。ローレンスは自分たちの苦境が今後どうなるかを航海中つねに考えていたのだが、いまにして思えば、そのときの予想など、これから直面する厄介な事態に比べれば、たいしたものではなかった。ニューサウスウェールズ植民地で、自分は流刑者であり、ドラゴンの担い手として影響力を持つ人物でもあるという立場から逃れることはできない。ただひとつ、抜け道があるとすれば、人間社会との交流を断ち、テメレアと荒野に移り住むことぐらいだろう。

「心配しないで、ローレンス」テメレアが潔く言った。「きっと、ぼくらのすてきな場所が見つかるよ。そう、少なくとも、いまよりおいしいものが食べられるはずさ」

だが結局、植民地側の対応は、ブライの訴えとローレンスの懸念を裏づけるものでしかなかった。アリージャンス号の到着受け入れ準備が、まったくできていなかったのだ。そのうららかな快晴の日、午前十一時、アリージャンス号はかろうじて吹く風によって、シドニー湾の入口に到着した。八か月を海上で過ごしたあとだけに、誰もがせっかちになって当然だったが、その巨大な港湾の圧倒的な美しさに魅了されない者はひとりもいなかった。湾は奥に細長く、入り江がひとつまたひとつと両岸に連なり、主水路の優美な弧をかたちづくっていた。緑豊かな森の勾配は汀までおりて、その森を縁取るように金色の砂浜がつづいている。

出迎えがなかったので、ライリー艦長はボートを出したり帆を足したりを命じなかった。そんなわけで、水兵たちが舷側の手すりのそばで目の前に広がる新しい土地の光景に見とれているあいだ、アリージャンス号は小さな船のあいだを実にゆっくりと、小魚の群れのなかを悠々と泳ぐ鯨のように、少しずつ湾に入っていった。そしておよそ三時間後、何事もなく進んだところで、錨をおろした。それでもまだ、出迎えはあらわれなかった。

「空砲を撃ってみようか……」ライリーが疑わしげに言い、ほどなく空砲の音がとどろいた。ほこりっぽい街の通りにいる人々が振り返ってアリージャンス号を見つめたが、答礼の砲は聞こえなかった。二時間待って、ついにライリーは一隻のボートを舷側からおろし、副長のパーベック卿を使者として送り出した。

ほどなくパーベック卿が戻ってきて、ニューサウスウェールズ軍団を率いるジョンストン少佐に会ったと報告した。ジョンストンは、ブライが艦上にいるかぎり、アリージャンス号まで出向くことはないと宣言した。どうやら、ブライが戻るという情報が事前に伝わっていたらしい。おそらくは、足の速い小型船がその知らせを携え、ヴァン・ディーメンズ・ランドからアリージャンス号と同じ航路をたどり、シドニーに先に着いていたのだろう。

「じゃあ、こっちから出向けばいい」グランビーが言った。ローレンスとライリーが唖然として彼を見やったことには気づいていない。英国海軍の艦長が、ここまで無礼で紳士らしからぬ対応をする一介の陸軍少佐のところに出向くのは、艦長としての権威をはなはだしく貶めることになる。

唖然とされたことには気づかないまま、グランビーは言った。「そりゃ頭にきますよ。でも、あのブライの野郎なら、ぼくらがここに来たのは自分の復権のためだと、事前に知らせを送りつけることぐらいやりかねませんね」残念ながら、その可能性は高かった。いや、それしか考えられなかった。さらにまずいことに、アリージャンス号の蓄えは尽きかけており、船倉に囚人がひしめき、甲板に重量級のドラゴンが二頭いる状況で、それはけっして小さな問題ではなかった。

ライリー艦長は肩をいからせて、海兵隊全員を引き連れていくと宣言し、ローレンスとグランビーにも同行を求めた。「慣例からはずれるとしても、この呪われた混乱のなかではやむをえません」ライリーはローレンスに言った。「こんなことを言うのもなんですが、今後誰よりもジョンストンの人物査定を必要とするのは、あなたでしょうから」

　ほどなく、ジョンストン少佐との会見がはじまった。「あの縮こまってとぐろを巻いていた蛇野郎を、ふたたびこっちに投げて寄こそうとなさるおつもりか。それならどうか、ここにとどまりつづける覚悟を固めていただきたい。そして、あいつの厚かましさに、われわれといっしょに耐えていただきたい」と、ジョンストンが言った。「もちろん、あなたがたが立ち去ったときには、ただちにもう一度、あいつを叩き出す。われわれは、やったことに責任を負い、犯した罪は償う——ただし、それを求める権利を有する者に対してならば。あなたがたは誰ひとり、それに該当しません」

　これが、お互いの紹介を交わすことなくいきなり切り出された、ジョンストンの発言だった。場所は彼の執務室ではなく、その控えの間で、兵舎と司令部を兼ねた横に長い簡素な建物のなかにあった。

「入港した国王陛下の艦を、それにふさわしく出迎えるにはなにをすべきか、ぜひともお考えいただきたいものだ」グランビーが熱くなり、同じような皮肉で応酬した。

「こっちは、ブライやあなたがたがどうなろうとかまわない。とにかく、こちらのドラゴンに食事が供給されることを最優先に考えていただきたい。でないと、ドラゴンは勝手に狩りをはじめますからね」

　これでは温かい歓迎など望むべくもなかった。ジョンストンは、本国からの一行がブライを支持するのではないかと疑っていた。また、態度は居丈高(いたけだか)だが、本国が沈黙するかぎり違法で中途半端な自分やその仲間の立場に不安を感じていた。いまと異なる状況なら、ローレンスもそんな不安にいくぶん共感を覚えたかもしれない。二頭の大型ドラゴンを乗せて植民地にやってきた英国艦は、彼らにとって未知の要素であり、この地で彼らが確立した権威を揺るがしかねない影響力を持っているのだから。

　ニューサウスウェールズ植民地に足を踏み入れた瞬間から、ローレンスは衝撃に打たれた。この緑豊かなうるわしい土地で、まさかここまで悪寒と胸苦しさを覚えることになろうとは思っていなかった。男も女も、日が沈むまえから飲んだくれ、千鳥足で街を歩いていた。多くの住民にとって雨露をしのぐ場所は、粗末な小屋かテントかあばら家(や)か――それさえ不法占拠している場合があった。不愉快な会見に向かう道すがら、ローレンスは、そんなドアもない建物のひとつをのぞき、慄然(りつぜん)とした。なかで男女が激しく交わっていた。男は軍服の上着だけ身に付けており、そのかたわらの床で酒びたりとひと目でわかる男がいびきを掻き、片隅でうす汚れた子どもがすすり泣いていた。

さらに寒気を覚えたのは、軍司令部の建物の前で行われている公開の鞭打ちと、血まみれの哀れな人間だった。仕事熱心な鞭打ちの執行人は、つぎからつぎへ、ほとんど休むことなく、彼のお客をさばいていた。拘束されて陰鬱に黙りこむ男たちが、列をつくって待っている。鞭打ちは五十回、あるいは百回か——それも、ここでは軽い罰のうちに入るらしかった。

「たとえ自艦の水兵たちが反乱を起こして訴えたとしても——」と、ライリーがアリージャンス号まで戻るときに、声を潜めてローレンスに言った。「ぜったいに、この土地には水兵たちを上陸させません。ここは、〝ソドムとゴモラ〟すら霞むほどの厄災の街だ」

それから三週間が過ぎても、このニューサウスウェールズにおける現在および過去の植民地経営に関するローレンスの評価はいささかも変わらなかった。ブライにも、あいかわらず同情しなかった。ブライは言葉遣いもふるまいも粗野で不作法で、権威を振りかざすのに行き詰まると、稚拙なおべんちゃら作戦に切り替えた。いくら出まかせのお世辞と嘆き節を繰り返そうが、ぜったいに自分が正しいという彼の思いこみがつねに透けて見えていた。

ニューサウスウェールズ植民地における今回の反乱は、植民地で起こりがちな民衆の反乱よりもさらに始末が悪かった。ブライは、国王陛下の任を受けた植民地総督であり、反旗をひるがえしたのは、彼のもとで任務を負うべき軍人たちなのだ。

ライリーとグランビーがかたくなに協力を拒みつづけたので、ブライはまもなく離れていく彼らより、ローレンスのほうが自分の主張を通しやすい相手と見なしたようだ。しつこくつきまとい、無駄だと言っても引きさがらなかった。いまやほとんど毎日、この植民地の経営がどんなにずさんであるか、不法な統治によってどんなに悪徳がはびこっているかについて、ローレンスを前に熱弁をふるっている。

「テメレアに言って、ブライをつまみ出し、海に放り出してやってはいかがですか?」サルカイは明快に助言してくれた。ブライに辟易したローレンスがサルカイの船室に逃げこみ、しばしの安堵にひたり、カードゲームをしていたときだった。舷窓からは熱風しか入ってこないが、むせ返るような暑ささえもブライといるよりはましだった。「彼なら自力で海から這いあがってきますよ」サルカイはしばらく黙考したあとに付け加えた。

「どんなに長く水に浸けようが、ただの海水で、あの紳士の熱情が冷めるとは、とても思えないな」ローレンスは言った。ブライに対する苛立ちから、いつもより辛辣になっていた。

その日、ブライの舌は格別によく回り、もし自分が復権したときには、その権威によってローレンスを赦免するとまで言い出した。このような取り引きを持ちかけられる屈辱は耐えがたく、ローレンスは、礼儀に反するが、彼の話の途中で席を立った。

「こんなにいやな気分になるのは──」と、激昂のあとの倦怠感を覚えつつ言った。「ブライの告発のなかにも、いくぶん正しいところがあるからだろう」

植民地経営にはびこる悪徳はすさまじく、艦をおりて街を歩くようになると、自分の目でも確かめることができた。以前のローレンスの認識からすると、この植民地に運ばれた囚人たちは、おおかたが労働刑に服し、刑期のあいだに新たな罪や規律違反を犯さなければ、やがては解放されて、土地を授けられるはずだった。だがそれは、囚人とこの土地を安寧に治めるために、ニューサウスウェールズ植民地の初代総督が描いた理想だった。それから二十年の歳月が流れても、理想はいっこうに現実化していない。それどころかいまや、この植民地で不動産を持つのは、ほとんどがニューサウスウェールズ軍団所属の軍人か、その退役者たちだ。

囚人たちは、良くて賃金労働者、悪ければ奴隷として働かされる。未来に興味を持てるほどの、あるいは自分の行いを恥じるほどの展望も相互のつながりもなく、塀を必要としない監獄のようなこの土地の囚われ人となり、労働とラム酒のもたらす平穏にやすやすと絡めとられている。一方、ラム酒を大量に売りさばき、懐を温かくしているのが軍人たちだ。つまり、秩序を強いるべき軍人たちがその弱体化に貢献しており、それによって生じる混乱にも崩壊にも、彼らは頓着していなかった。

「とにかく、ブライはひっきりなしにそう主張するわけで、わたしのここで見たすべてが、彼の言うことを裏づけている。しかし、テンジン――」と、ローレンスはサルカイのファースト・ネームを呼んで、言葉を継いだ。「わたしは自分がわからなくなった。もしかしたら、わたしはブライの告発が現実であればいいと願っているだけではないだろうか。それを現実だと納得したわけではなく。こんなことを言いたくはないが、ブライを復権させる言い訳があったほうが、わたしには都合がいい」

「わたしの勝ち！　おあいにくさまです」サルカイが、最後に残したカードを開いた。「あなたがもし、ご都合主義ではなく、正義を遂行したいのであれば、この土地の市民、つまり入植者と話して、情報を得てはいかがでしょう。ブライの追放に関して、どちらの側にも味方しない人から話を聞くのです」

「そんな人物が見つかったとして、この微妙な問題に、簡単に意見してくれるものだろうか」ローレンスはそう言うと、手札を捨て、新たな一戦のためにカードを交ぜた。

「この土地の幾人かの有力者への紹介状を持っています」と、サルカイが言った。

ローレンスには初耳だった。これまで聞いたところでは、サルカイがニューサウスウェールズにやってきたのは、止むことのない漂泊の思いを満たすためだったはずだが……。だがいつものように、彼の個人的な事情に立ち入るのは避けた。

「なんなら問い合わせてみましょう」と、サルカイがつづけて言った。「もし、あなたの見立てを裏づけるような不満をその人物が感じているのであれば、それじたいがあなたに不満を語るための充分な動機になるとは言えませんか？」

しかしながら、サルカイのもっともな助言を実行に移そうと街に出た結果が、あの不名誉な乱闘事件だった。ブライは翌日、してやったりとばかりに、さらに強くローレンスに協力を求めた。「あの連中は野良犬ですよ、キャプテン・ローレンス。この土地の人間は、野良犬か、臆病な羊なのです」

〝ミスタ・ローレンス〟と呼ぶよう再三言ってきたのに、ブライはまたも〝キャプテン〟と呼んだ。その呼称は、ブライにこそふさわしいと、憤慨しながらローレンスは思った。軍人の彼を復権させるのは軍人の役目であり、もはや一民間人となった自分の役目ではないはずだ。

ブライがなおも言いつのった。「あなたにゃもう、異議を唱えることなどできないはずです。反論するのは無理というもの。今回の事件は、あの連中が畏れ多くも王の権威を不法に侵害している、その具体的な一例にすぎない。公正な法的根拠を持たない指導者のもとで、どんな権威が、どんな規律が、維持できるって言うんでしょう。忠誠心もいまやすっかり消え失せ、さらには――」

ここで、ブライははっと口をつぐんだ。ローレンスの過去を知るだけに、服従の美徳を説くのはまずいと判断したにちがいない。しかし、方針は切り替えても、時間を無駄にせず、すぐに言葉を継いだ。「そう、礼節までなくした。言わせていただくなら、あのような忌まわしき騒ぎは、植民地の軍団のあらゆる階級で起こっとることです。指導者が軍人を甘やかし、焚きつけるからだ」

疲れ果てており、肉体と精神の苦痛がローレンスを気短にした。晩餐のあいだ、徐々に不快感が増していくのに耐えていた。間に合わせの繃帯で処置した肋が腫れて、ふたたび疼きはじめている。両手もひどく痛み、さらに悪いことに、こうしていることにはなんの目的もなかった。嫌悪感が湧くばかりで、得られるものはなにもない。

植民地の実権を奪ったジョンストンとマッカーサーは悪いやつらにはちがいないのだが、だからと言ってブライがましに見えてくるわけではない。相手の失点につけこむ彼の態度は、あまりにも俗悪で、見通しが甘い。

コーヒーカップを給仕の盆におろす手に、思った以上に力が加わった。「ぜひおうかがいしたいものです」と、ローレンスはブライに言った。「あなたは、この植民地をどのように統治なさるおつもりですか？　統治するときには、あなたがいま見下しておられる兵士たちに頼らざるをえない。反乱の首謀者たちを追い払っても、彼らが多くの特典を与えてきた兵士たちは残ります。どのように軍団の忠誠を勝ちとるおつもりですか？　軍団の誰かの手を借りてあなたが復権を果たしても、軍団の兵士たちはその誰かを裏切り者と見なすのではありませんか？」

「ほほう！　そりゃ、あの兵士らを信用しすぎた考えだ」と、ブライが尊大に言った。

「連中の忠誠心を信用しすぎ、連中の勘を見くびりすぎておる。あやつらは、もうマッカーサーとジョンストンの命運が尽きたことを知っておるのです。英国までの航海の長さと、英国を襲った数々の困難が、あのふたりを生き延びさせてきた。しかし、死刑執行人の輪縄は、ふたりの首のすぐ前にぶらさがっておる。やつらの評判はすでにがた落ち。もちろん、わたしが復権したら、ある程度の保障は与えます。兵士らは与えられた土地を維持すればいい。それさえ悪いようにしなければ、あやつらは現状のまま――」

ブライはこうして、総督に復帰した場合の、新たな統治の方針について語りつづけた。しかし、ローレンスから見るかぎり、新たな規制を設けること以外に、現在よりましな方針はなかった。体裁を取りつくろうだけの規制は、兵士たちの反感を買うだけのように思われた。兵士たちは、みずから求めたとは言わないまでも、許容した指導者が、よそ者であり敵である男によって追い払われた事実に苛立つことだろう。

「それでも、理解できませんね」ローレンスはあまり丁重とは言えない言葉を返した。「あなたが非難する数々の悪行をどうやって取り除くのですか？　見たところ、あなたが総督でいるあいだに、改められてはいません。テメレアを、あなたの望みどおりに放てる魔法の大砲かなにかのように考えられては困る」

「ミスタ・ローレンス、そのような遠回しな反論を重ねて、わたしの要求から逃れられると考えているのなら――」ブライは、落ちくぼんだ頬を真っ赤にして怒った。「あなたには、またしても失望したと言うほかない。そんな態度は、あなたの人格を貶（おとし）めることになりますぞ」辛辣な捨てぜりふを残し、ブライは怒りで唇を引き結んで、艦尾甲板から立ち去った。

　しかしいつものブライなら、言いすぎたことを後悔し、すぐに新たな話し合いを求めるはずだった。ローレンスにはそれがよくわかっていたし、もう充分に感情を害されていたので、つぎは偽りの謝罪に無理して耐えようとは思わなかった。それを受け入れれば、すでに何度も聞いては拒んできた説得をふたたび繰り返されるのは目に見えている。

　ブライとの一件がなければ、その夜はアリージャンス号の船室で眠るつもりだった。

囚人たちが植民地のみすぼらしい施設に引き取られていったあと、ライリーが水兵を総動員して、下甲板を清掃させた。健康を保つ必要最小限の運動と自由しか与えられなかった数百人の男女が残した汚物と臭気が洗い流され、害虫駆除の煙がくまなく焚かれ、その後、二回目の清掃が行われた。

こうして、汚れと惨めさの染みついた空気が一掃されると、ローレンスの小さな船室は、贅沢とは言えないまでも、若き海尉候補生だったころの基準からすれば、まずまず快適な部屋になった。一方、岬の高台にあるドラゴンの宿営には、宿泊用の小屋がつくられつつあったが、いまだ屋根はなく、壁すら一部は完成していなかった。しかし、ローレンスは小屋を選んだ。体より心に負った傷のほうが疼いたし、雨の降らない日がつづいていた。テメレアと過ごすことに慰安を求めて、小さな荷物をまとめ、アリージャンス号をあとにした。

そんな鬱々とした気分で、高台にのぼる道を歩いていると、馬にまたがった鷲鼻の紳士に唐突に呼びとめられた。この植民地の基準からすればだが、上品に服を着こなした紳士は、馬から身を乗り出して尋ねた。「あなたは、ミスタ・ローレンスですか？」

「すでにわたしをご存じのようだ」ローレンスはぞんざいに返したが、紳士の名を知ったあとでは、みずからの無礼さにいささかの悔いも覚えなかった。

「わたしは、ジョン・マッカーサー。あなたと少し話し合いたいことがある」と、紳士は言った。

目の前にいるのは、今度の反乱の首謀者にちがいなかった。反乱後は〝植民地当局首席〟と名乗っているはずだが、いまだライリー艦長を表敬訪問していない。「それにしては、なんとも妙な場所でわたしに声をかけられたものですね」ローレンスは言った。「ほこりっぽい道で立ち話はおすすめしない。よろしかったら、宿営までおいでください。ご助言申しあげるが、あなたさえよければ、馬からおりて歩かれたほうがいい」

マッカーサーが素直に手綱(たづな)を馬番に渡し、馬からおりて歩き出すのを見て、ローレンスはいささか驚いた。

「あなたが街で少々厄介な目に遭われたという噂を聞きました。それが起きてしまったことを申し訳なく思います」マッカーサーはつづけて言った。「わかっていただけると思うが、わたしたちには、ここを統治する手腕がある。それこそが、この混乱の極みを乗り越える絶対的な答えとなります。われわれの植民地は、ロンドンから来たあなたからすれば、けっして褒められたものではないでしょう。しかし、ここの最初の三年間に居合わせたとしたら、お考えも変わったはずだ。わたしは、一七九〇年に、この土地に来ました。信じられますか？　当時、耕地は千エーカーもなく、食糧も足りていなかった。誰もかれもが飢え死にしそうになった。そう、三度も」

マッカーサーが立ち止まり、ローレンスに少し震えのある片手を差し出した。「最初に迎えた冬から、みんながそんなふうにやってきた」そう言って、ふたたび歩き出す。

「あなたの不屈の努力があったからこそです」ローレンスは言った。「――あなたと、あなたのお仲間の」

「確かに」と、マッカーサーが言う。「たまたまではなかった。結果を出すための安易な道などなかった。思慮深い統率者による先見の明、志固い男たちの忍耐力をもってのみ、それが成し遂げられた。ここは志固い男たちの国なんですよ、ミスタ・ローレンス。ここに来たとき、わたしは中尉で、不動産などこれっぽっちも所有していなかった。しかし、いまや一万エーカーの地主。これは自慢ではありません。ここでは、誰でも、誰であろうが、同じことができる。すばらしい国です」

〝誰であろうが〟が強調されたことに、ローレンスは不快感を覚えた。ブライの赦免のほのめかしと同じように、マッカーサーの心打つ話のなかにも、こちらを巧みに取りこもうとする下心が垣間見えた。唇を固く結んで、歩を速めた。

マッカーサーは失敗を悟ったのだろう。ローレンスに歩調を合わせ、話題を変えようとした。「それにしても、英国政府は、われわれになにを押しつけるつもりでしょうか。ミスタ・ローレンス、あなたはかつて海軍士官だった。あなたもまた、監獄船の落ちこぼれを無理やり任務に就かせてきたはずです。彼らは使えるし、鍛えることもできる。ただし、それにはラム酒と鞭が要る。軍務に就いた経験のある者には自明の理です。そして残念ながら、その点に関して、わたしたちはいささか粗暴になった。全体数に占める、わたしたち軍人の少なさが問題なのです。あなただったら、百人の乗組員をどう扱いますか？　九十五人が前科者で、そうでない有能な水兵は五人だけだとしたら？」

「そのご苦労は認めましょう。わたしもかつて、いささか苦労しました」ローレンスはそう言うと、いったん足を止めた。肋がずきずきと痛んだ。「率直に申しあげますが、あなたはもっと早く話し合いを持つべきでしたね——わたしと、あるいはライリー艦長か、キャプテン・グランビーと。この三週間のうちに、あなたさえその気になればできたのです——話し合いを申しこんでくだされば。ここでちょっと休憩させてもらえますか？」

「あなたの非難はもっともだ」マッカーサーが言った。「そして、今夜はこれ以上あなたを疲れさせるわけにはいかない。あなたさえよければ、明日の午前、わたしを兵舎に訪ねていただけますか？」

「どうかご勘弁を」ローレンスは冷ややかに返した。「あの街をもう一度訪ねる気にはなれません。あの街にあるものは、わたしの許容の限界を超えています」

「では、こちらからまいりましょう」口もとがいくぶんこわばっていたとしても、マッカーサーはそう申し出た。それに対して、ローレンスもわずかに頭をさげた。

「うれしくもない訪問だが——」と、ローレンスはテメレアに言った。「来ると言うなら、受け入れるしかないな」

「来たいなら来たらいいよ。その人が礼儀知らずじゃなくて、あなたを石切場に送りこもうとしないならね」テメレアはそう譲歩してみたものの、内心ではそのマッカーサーという人物をしっかり見張っていなければと考えた。

テメレアとしては、こんなにお粗末な組織しかつくれず、行儀（ぎょうぎ）の悪い仲間ばかりの統治者に、礼を尽くすいわれはないと思っている。ブライ総督はいけ好かない人物だが、少なくとも、街中の不可解（ふかかい）な乱闘事件で殴り倒されるのが尋常ではないという紳士の考え方を持っている。

翌朝、マッカーサーが、朝食のすぐあとにやってきた。途中で馬を止め、高台まで歩くことにしたようだ。ローレンスは気づかなかったようだが、テメレアはちょうど街を見おろしていた。とびきり旨そうな十六頭の羊が、柵囲いに追われているところだったのだ。そんなわけで、斜面をのぼってくるマッカーサーの姿も視界に入っていたのだが、マッカーサーはぴたりと立ち止まり、いまにも引き返しそうなそぶりを見せた。

テメレアは彼にそうさせてやりたかった。それなら、おだやかに朝の読書ができる。しかし、きょうの朝食も楽しめるような代物ではなかったので、つい苛立ちにまかせて辛辣に言った。「ぼくに言わせれば、すごく礼儀知らずだな。訪ねてくると言いながら、ちょっと顔を合わせただけで、青ざめて引き返そうとするなんて。まるでそこに変なやつがいたと言わんばかりに。ばかげてる。そんな臆病者なら、わざわざここまでのぼってこなくてもいいのに。ぼくがここいるのを知らないわけがないんだから」

「ほう、それでは、わたしも言わせてもらおう。きみは悪ガキだ」マッカーサーが首まで紅潮させて言った。「息を整えていただけなのに、なぜわたしを臆病者呼ばわりする?」

「笑止千万!」テメレアは容赦なく返した。「あなたは怖じ気づいたんだ」

「一瞬たりとも驚かなかったとは言わない。フリゲート艦並みに大きなけだものが、わたしを食おうと待ちかまえているのを見たのだからな」マッカーサーは言った。「だが、きみの餌になるつもりはないぞ。どうだ、わたしが逃げるように見えるかな?」

「ぼくは人間を食べたりしない」テメレアはむっとして返した。「あなたが礼儀知らずだとしてもね。びくびくしなくていいですよ」

そこへローレンスが近づいてきて、たしなめた。「言いすぎだぞ」

ローレンスはつづけて言った。「ミスタ・マッカーサー。ここに来て、すわりませんか？　残念ながらコーヒーかホットチョコレートしかお出しできるものがありません。できれば、コーヒーはおやめになったほうがよいと助言しておきましょう」

テメレアは、この不愉快な客人を追い払う機会を逃したことをひどく残念に思った。マッカーサーがなおもテメレアのほうを見つめながら言った。「ふもとからは、二頭とも、これほど大きくは見えなかった」

スプーンで何度もぐるぐる掻き回されて、彼のホットチョコレートはすっかり冷めてしまっているにちがいない。ホットチョコレートはテメレアの大好物だが、いまは飲む気にはなれない。ここのホットチョコレートは、ミルクがたっぷり入った本式のものではないし、飲むとしても、とても高価なのでちょっぴりしか味わえないから、ますます欲しくなってしまうのだ。思わずため息が洩れた。

「とてつもなく巨大だ」マッカーサーが、テメレアのほうを見て言った。「かなり食べるのでしょうね」

「なんとかやっています」ローレンスは丁重に返した。「狩りの獲物は豊富です。野生動物は、上空から狩られることに慣れていないようだ」

テメレアは、マッカーサーがここにいるなら、せめて彼からなにか聞き出そうと考えた。「この近くに、なにかほかに狩りの獲物はいますか？　もちろん──カンガルーに不満を持ってるわけじゃないんだけど」少しだけ嘘が混じった。

「ここから二十マイル四方にカンガルーがいたとは驚きだ」と、マッカーサーが言った。「最初の数年で、狩り尽くしたと思っていた」

「いいえ、ぼくらはネピアン川のあたりまで狩りに行ったんです。あの山脈にも分け入った」テメレアは言った。マッカーサーがカップから唐突に頭をあげ、その勢いでカップに突っこまれていたスプーンが跳ね返り、白い半ズボンに飛沫がかかった。半ズボンに染みがついたことにも気づかず、マッカーサーは頭のなかでなにかを考えていた。「山脈というのは、ブルーマウンテンズのことかな？　そうか、きみはあんな遠くまで飛んでいけるのだな？」

「あのあたり一帯はくまなく飛びましたよ」テメレアは浮かない顔になった。「でも、カンガルー以外にはなにもいなかった。耳のないウサギはいたけど、あれは小さすぎて、食べた気がしない」

「ウォンバットか。十四集められても食べる気はしないね」マッカーサーが言った。

「しかし、この土地にまともな獲物がいないのは事実だ。残念ながら、経験から言わざるをえない。土地が痩せすぎているんだ。きみも戦闘ができる体重を保つのはむずかしいだろう。牛を飼う牧草地も充分ではない。あの山脈を抜ける道が見つからないことには……わたしたちはここからどこへも行けない」

「誰も象を飼おうとしないのは残念ですね」テメレアは言った。

「はっはあ、象を飼うか。これはおもしろい」マッカーサーは冗談だと決めつけているようだ。「象は食って旨いのか?」

「とびきり美味ですよ。アフリカを離れてから、一頭も象を食べていません。いい料理人がつくった象料理ほどおいしいものはないと思うなあ。中国料理は別として」祖国への忠義から付け加えた。「中国では、象を飼育できないんだと思います。それさえできれば、文句なく最高の国なんだけど。象を育てるのはアフリカくらい暑くないとだめなんだ。それはともかく、もうすぐドラゴンの卵が孵化すると、もっと食糧が必要になりますよ」

「そうか、今回は羊を連れてきた。象のことはまるで頭になかったからね」マッカーサーは真顔に戻って、ドラゴンの卵のほうを見やった。「ドラゴンはどれくらい食べるのだろう？　たとえば牛で言うと――」

「マクシムスなら、備蓄があるときには、一日に二頭」と、テメレアは答えた。「でも、それはあまり健康的じゃない。ぼくは一日に一頭しか食べないようにしてる。もちろん戦闘と長時間の飛行の前は別として。あ、すごくお腹がすいているときも別だ」

「するといま必要なのは一日に二頭か。きみたちだけで一日五頭が必要になる日も近い」マッカーサーは言った。「これは一大事だな」

「もしこれで、現況を検討する必要があるという理解がいくらかでも芽生えたのであれば――」とローレンスが切り出した。かなり厳しい口調だな、とテメレアは思った。「今回の訪問に感謝しなければなりません。これまでのところ、ジョンストン少佐から、われわれのほうに協力の申し出はまったくありませんから」

マッカーサーがカップをおろした。「昨夜話そうとしていたのは、そう、この国のために、人はなにをなし得るかということだった。これがもっとも重要だ。ここで長々と話すつもりはないが、ミスタ・ローレンス、あなたならご理解いただけると思う。ひとつの土地をそんな視点から見るのはむずかしい。この国は人手が足りない、鍬や鋤が足りない。働き手は、ぐうたらどもしかいない。一日半ガロンのラム酒をあてがわなければ文句を言い、あてがわれたら、朝の十時だろうが、飲み尽くしてしまう。わたしたちの軍団は、見てくれはよくないかもしれないが、仕事のやり方を知っている。英国航空隊も同じような役割を与えられているものと拝察する」

マッカーサーはさらに言葉を継いだ。「そして、わたしたちは、どうやって人を働かせたらよいかも知っている。この国に建つものはみな、わたしたちが建てた。それを横から——いや、口を慎しんだほうがよさそうだ。あなたがたは、ブライ総督と〝船乗り仲間〟でしたね?」

「仲間だなんて言うつもりはないよ」テメレアは言った。仲間などとは思われたくなかった。「彼が勝手に乗りこんできたんです。誰もなにも求めてないのに。まあ、ひとりだけ丁重にせざるをえない人が……」

ローレンスが渋い顔になり、マッカーサーがにんまりして言った。「そうか。わたしはあの紳士を悪く言うつもりはない。もちろん、彼はわたしたちのやり方が気にくわないのだろう。そして、それが改善されていないのも確か。その点は否定しませんよ、ミスタ・ローレンス。しかし、新参者にとやかく言われるのを好む者はいません」

「しかし、新参者が国王の任を受けているのなら」と、ローレンスは言った。「その人物が気に入らなくとも、耐えることはあるでしょう」

「非常に良識的な意見だ。しかし、良識には限度がある——」マッカーサーが言う。

「それが誇りを傷つけるとなれば。勇気ある男たちにとって、誇りを傷つけられるのは、我慢ならないことです。だから、こういうことになった」

ローレンスはなにも返さず、沈黙していた。しばらくして、マッカーサーが言った。

「言い訳するつもりはありません。手放したくなかったが、長男を英国に送り出しました。本国政府に今回の事件を報告することになるでしょう。しかし、わたしはどんな回答が戻ってくるか心配していない。夜もぐっすり眠っています」

話のさなか、テメレアは誰かから小突かれているのにようやく気づいた。エミリー・ローランドが横に来て、翼の端を引っ張っていた。

「テメレア」エミリーが、声を潜めて話しかける。「わたしは、あの人の前に出ていかないほうがいいと思う。女だってばれちゃうから。でも、キャプテンに伝えなくちゃならないの。英国艦がやってきて――」

「ほんとだ、見えるよ！」テメレアは港を見おろして言った。装備を整えたみごとな――おそらく二十四門を備えた小型のフリゲート艦が入港し、いまやアリージャンス号からそう遠くない位置に順調に錨をおろそうとしている。

「ローレンス！」テメレアは、ローレンスに覆いかぶさるようにして言った。「英国からつぎの艦が来たよ。ローランドが報告してきた。あれはたぶん、ベアトリス号だね」

マッカーサーが、はっと口をつぐんだ。

エミリーが再度、テメレアの翼を引っ張った。「でも、問題はそこじゃなくて――」じれったそうに言う。「問題は、その艦にキャプテン・ランキンが乗ってるってこと！」

「ふふん！　なんでまた、あんなやつがここに来るんだろう？」テメレアは冠翼を逆立てた。「あいつも流刑になったの？」エミリーの答えを待てず、ローレンスのほうに首を伸ばした。

「今度の艦に、あのランキンが乗ってきたって、エミリーが言ってるよ。ロッホ・ラガン基地所属の、あのとんでもないやつだ。あいつを石切場に送りこんでやってください」最後はマッカーサーに言った。「あいつくらい石切場に送ってやりたいやつはいないよ。あのかわいそうなドラゴン、レヴィタスと同じように扱われればいい」

「もう！　だから聞いて」エミリーが声を張りあげた。「彼は流刑者じゃない。これから孵化するドラゴンの担い手としてやってきたんです」

3　お似合いのふたり

「最後に対話したときの険悪な空気からすれば、ミスタ・ローレンスとわたしは、いかなる接触も避けるべきでしょう。こんなことを言って、気むずかしい人間とは思われたくないのですが」ランキンの話し声が、歯切れのよい、いかにも貴族然とした母音の響きが、アリージャンス号の甲板に聞こえていた。彼を運んできたベアトリス号は、すでに港から出帆（しゅっぱん）していた。

結局、植民地の命運を左右するような新しい情報は、本国からなにももたらされなかった。ベアトリス号はアリージャンス号に二か月遅れて英国を出たのだが、そのときにはまだ反乱の報告は政府に届いていなかったのだ。ランキンがなおも言う。「ドラゴン甲板は、通常、われわれ英国航空隊士官専用のはずですね。あの紳士が艦尾に近い船室を使っておられるのなら、不都合な事態が生じる理由はどこにもありません」

「あいつの鼻にパンチをぶちこんでやらない理由はどこにもありませんね」グランビーが声を潜めてローレンスに言った。ふたりは、アリージャンス号の乗客に自由な出入りが許された艦尾甲板の風下に立っていた。「最悪なのは」と、グランビーがつづけて言う。「やつを拒む手段が見つからないってことです。命令書は実に明快、リンジの産んだ卵をやつに担当させるようにと書いてあります。なんてこった、これで卵がひとつ無駄になる」

ローレンスは小さくうなずいた。ローレンスにも、公的文書ではないが、一通の封書が届いていた。「彼がそちらに着く前に海に落ちて藻屑と消えてくれれば、これにまさる僥倖はないのですが」と、ジェーン・ローランドは書いていた。

……ところが、あの忌まわしき彼の一族が、五年近くも海軍省委員会諸卿にしつこく働きかけ、その結果、昨今わが英国が大混乱に陥っているさなかに、すさまじく不運なことに——もちろん、こっちにとって——彼はスコットランドに着任し、アルカディ率いる野生ドラゴンのうちの一頭に騎乗することになりました。そして、小さな戦闘に巻きこまれ、またしても、自分のドラゴンにひどい怪我を負わせた。

そんな事情から、わたしは彼に新たなドラゴンを得る、少なくとも新たなドラゴンを得るかもしれないチャンスを与えるしかなくなりました。つまり、いずれは一頭のドラゴンが、彼のもとで苦しむことになるでしょう。目下、英国には二十四個の卵が孵化を待っており、わたしはいずれ、スペインの戦いに送り出されることになる幼竜すべての食糧を工面し、監督しなければなりません。だから、良心の呵責（かしゃく）なく言わせてもらうわ――いまのあなたは、わたしよりずっとまし。

最後のひと言は、大文字を使い、線まで引いて強調してあった。

わたしは、野生種の卵をランキンにまわすような理由を考えました。あの卵は英国にとって野生ドラゴンから得た最初の卵なのだから、野生ドラゴンとともに戦闘に参加した彼の経験が孵化したドラゴンの訓練にはかならず役立つでしょう、と。わたしはかなり率直にものを言ってきたと思うけど、爵位はすばらしい働きをしてくれるものよ、ローレンス。この効力がわかっていたら、もっと早くなんとかしていたでしょうに……。半年前に〝漁師のがみがみ女房〟とわたしをあざ笑った紳士たちが、ころりと態度を変えた。それもすべて、摂政殿下が一枚の紙切れに署名をくださったおかげなの。

わたしの提案に、紳士たちはうなずき、はいはい、大いにけっこうです、と言うわ。以前だったら、わたしがちょっと口をはさもうものなら、〝最後の審判の日〟まで女がもの申すのはうんぬんかんぬん……だった人たちがね。おかしな話だわ。傑作なのは、ナイトの称号を授かったわたしを〝奥さま〟と呼ぶか、〝サー〟と呼ぶかで、もめているの。結論が出たかと思うと、すぐにくつがえされる。願わくは、〝ユア・グレイス〟なら迷う余地がないからって、女公爵にされてしまうことなどありませんように。わたしにはまるで似合わないから。

ところで、あなたのお母さまにはとても感謝しています。彼女は、わたしの名前――J・ローランドというなんとも地味な名前――を英国貴族年鑑で見つけて、お手紙をくださった。そして、彼女の手腕で閣僚たちを集められるだけ集めて、社交のための小さな晩餐会を催してくださった。閣僚の殿方たちは、それぞれの奥方を同伴していたから、わたしの登場に内心ものすごくうろたえていたはずよ。だけど、同じテーブルの末席に、伯爵夫人の称号をもつ高貴な奥様がすました顔でいらっしゃるものだから、非難のうめきひとつあげられなかったというわけ。

それに、奥方たちはちっとも動じなかった——わたしが航空隊士官で、ヴォクソール・ガーデンの笑劇女優じゃないとわかってからはね。道理をわきまえたご婦人たちだった。先入観を持ちすぎていたかもしれないわ——貴族というだけで悪く決めつけちゃだめね。これからは親しく交われるんじゃないかしら。わたしがズボンをはいていても、彼女たちはとても親切で、お近づきのしるしに名刺までくださった。だったら、社交界の残る半分、つまり殿方たちのことなんかどうでもよいのです。

こちらはよろめくような足取りだけど、なんとかやってるわ。秩序は取り戻されつつある。節約のために、ドラゴンたちに雑穀粥と羊のシチューを与えています。昔を知るドラゴンたちから不平が出るのはしかたない。エクシディウムはため息ばかりよ。新鮮な牛を食べられたよい時代の話ばかりで、うるさいことったら。そんなわけだから、彼らのあいだでテメレアの評判はあまりよくないわ。なにしろ、お粥やシチューで嵩を増やすやり方を持ちこんだのはテメレアなんですから。

そうそう、あの男についても、ひと言添えておきましょう。わたしには彼のスペイン遠征の真意がわからない。ナポレオンは愚か者じゃないわ。英国本土侵攻で敗北してから日も浅いというのに、なぜスペイン南海岸の街を攻め落としていくのか、理由がわからない。マルグレーヴ海軍大臣は、スペインを侵略して英国に物資を供給する航路を断つためだと考えているけど、そうだとしたら、スペインじゃなくてポルトガルに戦いを仕掛けるのではないかしら。

もし、テメレアが、これがリエンの考えた戦術と見なすなら、詳しく聞いてみたい。この情報が届いてからだと、返事は遅くなってしまうでしょうけれど。ねえ、ローレンス。十か月から一年、もしかしたらさらに半年も、あなたたちからの返事を読めないなんて、なんとも妙な感じよ。いまやケープタウン植民地はアフリカの敵国に落とされ、伝令竜はインドまで行けないし、あなたからの手紙も途中で止められている。

それはつまり、もしあなたが衝動に駆られてランキンをうっかり崖から突き落とす、あるいは、たまたま剣で刺すことがあっても、その知らせがわたしに届くまでは長くかかるということね。あなたはいまや流刑の身、彼を手にかけるには大いに好都合な立場にいるのではないかというのがわたしの見解です。でも、殺人を教唆していわけではありません——卵から出てくるのがどんな子だったとしても、ドラゴンの卵がひとつランキンに渡り、生まれた子をめちゃくちゃにされるのはものすごく残念だけれど。

エミリーが数多くの厄介事の渦中に飛びこんでいきませんように。娘は公式にはもう、あなたの監督下にある士官見習いではないけれど、どうかわたしのために、彼女が無鉄砲なふるまいを起こさないよう見張っていてください。ランキンが彼女につけいって、厄介事に巻きこむことがないよう気をつけて。あいつは厚かましいやつよ。その手のことを平気でやる人間の屑だってことは、充分に見て知っている。エミリーを自己犠牲的な無謀な行為に走らせるためなら、あいつは偽りの同情心だって平気で振りまいてみせるでしょう。

アリージャンス号でこの地に三個の卵を運び入れたのは英国にとって所詮はひとつの実験であり、国内の繁殖家の目から見れば、三個の卵にたいした価値はなかった。一個目は、英国でもっとも普及したイエロー・リーパー種の卵で、繁殖場では同種の卵が十八個も孵化を待っており、そのうちの一個が送り出されることになったのだ。

二個目は、誰もが驚きと失望を隠せないほど小さくて、パルナシアンとチェッカード・ネトルという大型種の交配からなぜこんな小さな卵が出現するのかと、皆が首をひねった。そして最後の卵は、この三個のなかではもっとも期待をかけられていた。大きくて美しい斑点と縞模様があり、父は野生ドラゴンの長であるアルカディ、母はアルカディの群れでもっとも戦闘力に秀でたリンジだった。

しかし、この最後の卵に英国政府は執着しなかった。多くの繁殖家にとって、航空隊の新参者である野生ドラゴンは、彼らが丹精こめてつくりあげたドラゴン種の血統を破壊するために送りこまれた悪魔に等しかった。そこで、この卵もまた植民地に送られることになった。だが当然ながら、幼竜の担い手候補として派遣された飛行士たちのあいだで、この三番目の卵に対する期待は最初から大きかった。

「当然そうだろう」飛行士どうしのそんな会話を一度ならず耳にはさんだローレンスは言った。「リンジは野生でもあそこまで大きくなった。きちんと食事を与えて訓練すれば、その子はさらに大きくなる可能性が高い。もちろん、戦場における野生種の闘争心には誰も文句のつけようがない」

そんなわけで、若い航空隊士官たちはランキンの搭乗によって苦境に立たされ、ローレンスはそれを冷ややかに見守り、わずかに溜飲をさげた。ローレンスを侮蔑するという点に関して、若い士官たちは足並みをそろえて頑迷だった。侮蔑の理由はふたつあり、ひとつはローレンスが国家反逆罪を犯したこと、もうひとつは——彼らがそう見なしているのだが——テメレアを手なずけて適正に管理するのに失敗したことだった。

ところが、ランキンがいきなり候補者として割りこんできて、しかも最良の卵の権利を保証されたとなると、今度は彼らにとってランキンこそが憎き敵となり、かえって反抗的なテメレアがなにかしでかして、ランキンを追い払ってくれることをひそかに期待するようになった。

「あいつに渡してたまるか」テメレアは、命令の内容を知らされると、すぐに言ったものだった。「あいつがその気なら、ここに来ればいいさ。やれるもんなら、やってみな。あいつと一度、この件に関して、じっくりと話し合ってみたいもんだよ」テメレアがジェーンの期待に応えてしまうのではないかと危ぶまれるほどの剣幕だった。

「愛しいテメレア」ローレンスは読んでいた手紙をおろして言った。「ランキンを好きになれないのは、わたしもきみと同じだ。しかし、彼が今回チャンスを逃して、イングランドに帰ったとしても、災いを先に延ばすだけだろう。いずれは、彼に新たな卵があてがわれ、きみもわかるだろうが、そのとき哀れな幼竜が彼を拒むチャンスはいっそう薄くなる。そして、今回チャンスを棒に振った責任がグランビーに転嫁されるかもしれない。命令は彼に下されたもので、彼にはそれを遂行する責任があるのだから」

「グランビーに責任をとらせるなんて、あたしが許さないから」頭をもたげて、イスキエルカが言った。「いったい、なにが問題なのよ。卵は勝手に孵(かえ)るし、そのあとなにが起きようが、あたしたちに関係ないでしょ。彼を担い手として受け入れるかどうかは、生まれたドラゴンが決めるんだから」

卵の殻を破るなり火を噴いたイスキエルカは、自分勝手で強気な性格を持って生まれついた。彼女なら自分が信用できない候補者を拒むのはむずかしくなかったはずだ。しかし、多くの幼竜がイスキエルカのような気質を持って生まれてくるわけではない。また、英国航空隊は、孵化した幼竜にハーネスを確実に装着するための技術と方法を錬磨(れんま)している。ランキンも準備怠(おこた)りなく、ベアトリス号からおりるとき、私物を詰めた二個の衣類箱(シーチェスト)のほかに、革製のハーネスや鎖のネット、厚い革のフードなどをごっそりと持ちこんだ。

「殻を破って出てきた幼竜の頭にあれをかぶせるんですよ——戸外にいる場合ですが」と、ローレンスの問いにグランビーが答えて言った。「あれをかぶせられると、幼竜は飛び立てなくなるんです。しばらくしてフードをはずすと、日差しに目をやられて、くらくらする。そこを狙って幼竜の前に肉を差し出すと、かなりの確率でその肉を食べる。生まれた幼竜に、最初のひと口の肉さえ与えられれば、ほぼ確実にハーネスを装着できる。そのやり方を好む者は、手なずけるのが楽になるって言いますが——」と、苦々しげに付け加えた。「ただの実験ですよ。結局、誰も明確な根拠を示せない」

「牛を扱う商人を教えていただけませんか」と、ランキンがライリー艦長とパーベック卿に話しかける声が聞こえてきた。「孵化して最初に与える肉は自前で賄いたいので」

「彼に好き放題やらせない方法はきっとあるだろう」ローレンスは声を潜めて言った。何年も前のことだが、ランキンが最初に担ったドラゴンを残忍に扱う現場をはからずも見てしまった、あのときの義憤がいまも心にくすぶっている。ドラゴンはたんなる資源であり、危険物であり、管理と抑制と消費の対象であるという考えを同じくするがゆえに、ランキンは海軍省委員会に重宝されてきた。そして、その同じ考えこそが、敵国フランスの一万頭のドラゴンを竜疫で死滅させようという卑劣で陰湿な作戦を、英国政府にしぶしぶどころか積極的に検討させたのだ。

ランキンは、レヴィタスにやさしくすることもできたのに無関心だった。無関心でいるほうがまだましだったのに、つらく当たった。彼の哀れな竜は、彼の所有物にされ、虐待を受けつづけ、彼の無謀な要求に抗う気力を失った。

一八〇五年、ナポレオン軍がはじめてイギリス海峡を越えようとしたとき、レヴィタスは敵の追撃を死にもの狂いでかわし、ナポレオン軍の襲来を基地に知らせた。そのときの戦闘で致命傷を負ったが、ランキンは彼のドラゴンが小さくみすぼらしい宿営で孤独に死に逝こうとしているのを放置した。自分の負った軽傷を癒すことだけが彼の関心事だったのだ。

ランキンのようなドラゴンの扱い方は、前世紀のあいだに、飛行士たちにとって時代遅れになり、自分のドラゴンに愛情を注ぎ大切に扱う飛行士がますます増えた。しかし、英国政府がこれを承認してきたわけではない。また、ランキンは大昔からドラゴンを所有する一族の生まれで、竜の扱いに関しては一族なりの流儀があった。それは一族から航空隊に送りこまれる子弟たちに受け継がれ、出世が約束されているために子弟の入隊は通常より遅くなり、入隊するころにはすでに一族のやり方が染みついていた。

「生まれてきた子をだめにしてしまうのは許せない」ローレンスは言った。「せめてあのフードだけでも使わせるのを――」

「孵化をじゃまするんですか?」グランビーが声をあげ、ローレンスを横目でちらりと見やった。「無理です。能力と志さえあるなら、彼には最善を尽くす権利があります。ただし、十五分たっても成功しない場合は、ほかの飛行士が試せます」グランビーはそう言うと、慰めるように付け加えた。「その十五分をきっちりと計ることならできますよ。それがぼくにできるすべてです」

「それがぼくにできるすべてて? 冗談じゃないよ」テメレアはいらっとして言った。

「あいつが網や鎖やフードを孵化した子に投げるのを、ぼくは黙って見てるつもりはないからね。殻から出たかどうかなんて問題じゃない。ぼくに言わせれば、生まれたての子はまだ卵と同じだよ」

テメレアはそう言ってから、これは特殊な考え方なのかもしれないと思った。しかしそれでも、幼竜がまだなにも食べず、殻のかけらがわずかでも体にくっついているうちは、自力では判断できない状態だと見なすべきではないだろうか。「ともかく」と、付け加える。「ぼくはあいつが好きじゃない。あいつには、もう一度キャプテンになる資格なんかないんだ。ここへ来るがいいさ、こてんぱんにしてやる」

「グランビーを困らせないで！」イスキエルカが、蒸気をシュッと噴きながら言った。

「へえ、どの口が言うんだよ」テメレアは冷ややかに返した。「きみこそ、毎日、グランビーを困らせてるじゃないか」

「それは……どうしてもっていうときだけ」イスキエルカが言った。大嘘つきめ、とテメレアは思った。「ともかく、それとこれとは話がちがう。グランビーの身にもなってよ。いつもいつも、きみはあたしがグランビーに気遣いが足りないって言うけど、あたしはグランビーをキャプテンの地位から引きずりおろすようなことはしない――きみがローレンスにしたみたいにはね。きみは孵化する子を心配するあまり、またばかをやろうとしてる」イスキエルカの言葉がテメレアの胸にぐさりと刺さった。

思わず身を引き、冠翼がへたりと後ろに倒れた。

「あらあら」イスキエルカがつづけた。「そのランキンてのを見たけど、小馬(ポニー)より小さいやつだった。あたしなら、殻を破ってすぐに燃えかすにしてやったのに」

「ランキンは、きみがほしいなら、まんまとそうしてたよ。それなら大歓迎だった」

しかし、憎まれ口を叩いただけで、やり返した効果がないことはわかっていた。テメレアは頭をおろし、憂鬱(ゆううつ)な気分で三個の卵を眺めた。

しばらくあと、テメレアはローレンスに言った。「孵化した子がランキンを担い手として受け入れなければ、あいつは二個目も、それがだめなら三個目も試そうとするんじゃないかな。きっと、あいつはここから出ていかない。誰にも歓迎されてないのに、はた迷惑なだけなのに、こんな遠くまで、いったいなにしに来たんだよ」

「だから、新しいドラゴンを手に入れるために来たのさ。残念ながら、このままだときみの言うとおりになりそうだ」ローレンスは言った。「しかし、この件に関して、わたしたちにできることはそんなにないんだよ。なにかすれば、グランビーを苦しい立場に追いこみ、われわれの状況をもっと悪くする。公式には、あの三個の卵を管理するのはわたしたちじゃなくて、グランビーだ」

「でも、ぼくはアルカディから頼まれてる」テメレアは言った。「アルカディと約束した。だから、ぼくにも関係あることだよ」

ローレンスは黙ったまま、重苦しくうなずいた。「それはこの件における別の側面だな」しかし、アルカディとの約束が問題を解決に導くわけではない。結局は、ランキンをぺしゃんこにしてやることぐらいしかテメレアは方法を思いつけなかった。まあ、竜と人の大きさのちがいから見ても、公正なやり方とは言えないだろうけれど。しかし、ローランド空将の私信にはなんの効力もなく、ローレンスがなにを主張しても聞き入れられないだろうこともよくわかっていた。

ローレンスは、さほど熱心にテメレアを止めたわけではなかった。ほかの状況でも、ランキンが踏みつぶされてぺしゃんこになろうが、なんとも思わなかったはずだ。だが今回は、心の痛みを感じないのは当たり前として、そうなることを心から願わずにいられなかった。翌朝、ライリー艦長の訪問を受けて、その思いはさらに強まった。その前夜も、ローレンスは高台に張った自分の小さなテントで眠った。アリージャンス号にいるより、そのほうが気楽だった。艦では警戒しながら艦尾甲板に行ったし、艦尾甲板以外には立ち入らないようにしなければならなかった。
ランキンも礼儀作法に関しては完璧だったので、お互いが鉢合わせして決闘になるような事態は避けられた。思い返してみれば、彼と最後に対峙したとき、無謀な行為におよんだ自分にランキンが決闘を申しこんでさえいれば……もしかしたら、それが最善の解決策になっていたかもしれない。ローレンスは彼を手荒に扱ったことを悔いてはいなかった。だが、今回はランキンの前にわざと出ていかず、したがってランキンに激しい言葉を浴びせかけるようなこともせず、言いたいことを胸に秘めて紳士の体面を保っていた。

「あなたを責めることはできません」と、ライリー艦長は言った。「しかし、今回の一件で、わたしは厄介な立場に追いこまれてしまいました。昨夜、あのご仁を晩餐に招待するしかなく、まあ、侘しい食卓にならないようにと、ついでにブライも誘ったのです。で、僭越ながらお訊きしますが、ローレンス――あの卵からは、けたはずれにすごい竜が出てくるんですか？　というのも、あのご仁は、席について十分後には、ブライに向かってこう宣言していました。あの卵が反乱軍の犬どもの手に渡ったら、たいへんなことになる。そんなことがぜったいにあってはならない、と」

「あの野郎……」ローレンスは激しい怒りを押し隠すことなく言った。「いいや、トム。あの卵から出てくる竜がけたはずれかという質問に関してなら、答えは〝ノー〟だ。テメレアが怒っているのは、今回の反乱事件とはなんの関係もない。それとはぜんぜんちがう因縁があるからなんだ。わたしたちは、たとえウィンチェスター種のような小型であったとしても、英国のドラゴンをこの反乱事件に投じるわけにはいかない。港で本格的戦闘でもやるつもりか? ランキンのやつ、いったいなにを考えているんだ?」

「ははん、それならわたしにもわかります。あのご仁が考えているのは、なにがなんでも、ドラゴンの担い手になることですよ。想像できますか? それに対してわれらの客人がどう反応したか……。ブライは、すぐにわたしに言いましたよ。あの卵に関する海軍省の命令を完遂することがきみの責務だ、とね。そして、自分の意見を手紙にしたためて、海軍省委員会にかならず送るつもりだ、と。そのなかで、任務の遂行をわたしに説いたのは、この自分だと書くつもりらしい」

この状況で、不服従や反抗の嫌疑をかけられるのは、ライリーがもっとも望まないことだった。ローレンスにそそのかされたとか従ったとか、そんな具体的な兆候を指摘されると、なおさらまずかった。ローレンスとライリーの関係は、海軍省委員会のライリーへの信頼を多大に損なっていた。かつてローレンスの艦で副長を務めたライリーは、ローレンスが国家反逆罪に問われたのち、部下だった者たちの例に洩れず、うっすらと嫌疑をかけられながら任務に就いてきた。

ブライは報告書のなかで、ニューサウスウェールズ植民地における自分の復権までは主張しないかもしれない。彼の植民地経営の失策が、海軍省の同情ではなく、侮蔑を招く可能性もある。しかしだからといって、ブライによるライリーの告発を彼らが受けつけないという保証はないのだ。

そうなるとますますテメレアに、そして遠く隔たったこの地でテメレアと関わる人々に、嫌疑をかける新たな理由を海軍省に与えることになる。テメレアのもとにも、ベアトリス号の到着によって、本国から一通の封書が届いていた。ペルシティアはとうとう口述筆記をしてくれる誰かを見つけたようだ。

建設中だったドラゴン舎がついに完成したよ——

「ふふん！　そうか。見られなくて残念だよ」と、ローレンスの読み聞かせにテメレアが反応した。

そして、あたしたちは二棟目に取りかかった。どこにそんな資金があったか、どうしてこんなに早く調達できたのか、驚かせてしまったみたいだね。英国政府は、全員が繁殖場に戻れって、躍起になってあたしたちを説得しようとした。ドラゴン舎は捨てていけって言うんだ。あの一棟目があともう少しで完成するってときにだよ。そして、そのころから食糧の配給が遅れ、滞るようになった。届いたとしても、牛は痩せっぽちで、ちっともおいしくない。だから、あたしたちは自分たちで食糧を買うしかなくなった。いまはおいしい牛を食べてるよ。レクイエスカトなんか、がつがつむさぼっている。

そう、あたしたちは自分たちでなんとかしようとした。マジェスタティスの提案なんだけど、ロイドをドーヴァーに送って、荷物の運搬事業について問い合わせてもらった。そうしてわかったのは、ドーヴァーからロンドンやほかの街まで荷物を運べば、人間がたくさんお金をくれるってこと。

ドラゴンは馬より速く、一度に大量の荷物を運べるからね。そしてあたしが、とびきり冴えたやり方を考えついた。荷物の積んだりおろしたりをまとめて管理して、どうやったらいちばん効率よく運べるか算出する方法を。まあ、荷物を届ける街が五つや六つでないと、計算にも退屈しちゃうんだけど。

そうこうするうちに、荷物を運ぶドラゴンの往来に、人間たちから不満がちょっとずつ出るようになった。ウィンチェスターやイエロー・リーパーぐらいの大きさなら誰もたいして気にしないんだろうけどね。レクイエスカトは、ドーヴァーとロンドンのあいだより長い距離を飛ぶのを嫌がる怠け者なんだけど、一度に大量の荷物を運べる。バリスタやマジェスタティス、ほかの大型ドラゴンも同じだよ。

でもね、あちこちの基地とうまくいってないってわけじゃないんだ。うまくいかない理由も見当たらない。だけど政府は焦りはじめた。そもそもきちんと食べ物をくれれば、あたしたちだってこんな面倒なことをせずにすんだのに――。政府はあたしたちのやり方はだめだって怒り出し、基地にハーネスをつけたドラゴンを置いて、あたしたちを締め出そうとまでした。

そのドラゴンたち、スコットランド出身だったんだ。あたしは彼らのことをよく知らないけど、バリスタが彼らにこんなばかな争いはやめようと言った。あたしたちに出ていけって言うけど、あんたたちがこんなに大きくても、まだこの基地には余裕があるじゃないかって。だいたい、あたしたちは通過するだけなんだから。みんな、ものわかった連中だったよ。バリスタがあたしたちの牛を何頭か差し出すと、すぐに仲よくしてくれた。基地の牛もおいしいらしいけど、こっちのは、いまじゃめったに食べられないほど美味なんだって。ハーネスを付けたドラゴンたちがそう言うんだよ。

ペルシティアからの手紙には、このほかにドラゴンどうしの関係にまつわる噂話も含まれていた。ローレンスはその部分を心ここにあらずでテメレアに読み聞かせた。すでに読んだ部分の行間から、英国政府の狼狽ぶりがありありと伝わってきた。ハーネスを装着していない大型ドラゴンが、彼らの意のままに英国の大都市におり立ち、一般市民をおびやかし、おまけに従来の荷馬車運送業者を駆逐してしまう。そして、ハーネスを装着された仲間のドラゴンをやすやすと買収してしまうかもしれない。それぞれのキャプテンが、どんなに自分のドラゴンを引き留める説得を試みたとしても……。

「グラディウスとカンタレラが破局とはね、残念だなあ」テメレアが言った。「あの二頭なら、すばらしい卵をつくったはずだから。それに、カンタレラを奪ったケリトリスのことは、ぼくもあまり好きじゃない。兵士たちを運ぶとき、いつも愚痴ってた。みんながやるしかないことなのに。そりゃあ、誰だってうんざりする仕事だけど、愚痴を言ったところで、なにもよくならないよ。ねえ、ローレンス、ここでも、ぼくらなにかを輸送できないかな。そして、お金を稼いではどう？　あ、だめだ」テメレアは自分の提案に自分で答えて、うなだれた。「ここには街がひとつきりしかないからね。荷物を運ぼうにも運ぶ先がない。ああ、ここが英国だったらいいのになあ！」

ローレンスもそうだったらどんなによかったかと思ったが、黙ったまま、帰国の希望を断ち切る手紙を折りたたみ、ポケットにしまった。その手紙はいまも上着のポケットのなかにあり、時折り、かさかさと音をたてる。ローレンスはライリーに言葉を返した。「ブライの脅しのせいで、きみに不快な思いをさせて申し訳なく思う。もちろん、この件に関して、きみに関わりを求めるつもりはないし、できることなら、トム、きみを厄介な立場に追いこみたくはない」

「ええと、わたしもできることなら、みずからの保身のためにここへ来て、身を慎むようにとあなたに小声で忠告するような、そんないやなやつにはなりたくありません」ライリーは言った。「わたしには報賞金の蓄えがあります。だから、もしものときには、陸にあがって、かわいい坊やと暮らします。そうすれば、少なくとも、キャサリンのやつが坊やにいったいなにをするだろうと、はらはらすることもなくなるわけだ」最後は少し重苦しい口調になった。ライリーは今回、キャサリン・ハーコートから手紙を受け取っていないのだ。

「しかし、この件はただの口げんかにおさまらず、深刻な事態に発展してもおかしくないな」ライリーが去ったあと、ローレンスはテメレアに真顔で言った。「もしブライが不服従の告発を行えば、海軍省委員会がこれを理由に軍法会議を開く可能性は充分にある。やすやすと想像できるよ」

「ぼくも想像できる」テメレアが言った。「ぼくらはライリーを苦しめるようなことをしちゃだめだ。それはわかってる。そう、グランビーもだね。でも、ランキンが卵から孵った子を苦しめるのもだめだ。あのね、ローレンス、ぼく、ローランドとディメーンにあの卵を運び出させたんだよ、ぼくが見張ってるあいだに。たぶん、孵化はもうすぐだ。ぼくらで、あの卵をさらうってのはどうかな？」

「さらう？」ローレンスは思わず問い返した。さらったところで、行くところなどどこにもない。

「ふふん、うんと遠くへ行けばいい」テメレアは言った。「孵化がすむまででいいんだ。そしたら、また戻ってきて、生まれた子に気に入った士官を担い手に選ばせればいい。いや、あなたがそのほうがいいと思うなら――」と、テメレアは付け足した。「ひとりかふたり、連れ出してもいいね。これと思う士官をぼくらが選んで。そうすれば、幼竜は卵から孵ってすぐに担い手を選ぶことができる。あ、でも、フードや鎖のネットを使おうとするやつはだめだ」

これはローレンスがただちに却下すべき提案だった。ところが、それについて真剣に考えをめぐらしている自分に驚いた。ここまで大胆な作戦なら、その一撃はすでに借り越しとなったローレンスとテメレアへの非難に、さらなる非難を上乗せするだけなのではないか。グランビーもライリーもあとに残されて、自分たちを追跡することはできない。だとしたら、孵化が妨害されるのを目前にして対処できなかった場合とはちがい、彼らに安易に責任が押しつけられることもないはずだ。

この作戦が英国政府から、そして当然ながらブライからも、認められることなどありえない。しかし──それに気づいたとき、いささか苦いおかしみを感じたのだが──自分には法によって奪われるものがもうなにもない、希望さえもないという事実が、どこか清々しくさえあった。ローレンスは、くだんの卵をまじまじと見つめた。専門家ではないものの、アリージャンス号で運んできたときより、卵の殻が硬くなっているのがわかる。孵化を前にして、いわゆる〝硬化〟がはじまり、卵殻が硬度を増す分、わずかに薄くもろくなる。それは、テメレアとイスキエルカの孵化のときにすでに経験ずみだった。

「誰かをいっしょに連れていくのは無理だな」ローレンスは言った。「本人の同意がなければ。竜の担い手とするために飛行士を誘拐することには、慎重にならなくては。なぜなら、その人物がのちのち共謀を疑われるのは避けようがないからね」

「そうか。じゃあ、正直に言うけど、ぼくは、誰かを連れていかないほうがいいと思ってる」テメレアは言った。「実は、それについてはあんまり考えてないんだ。航海中、みんな感じが悪かった。自分こそ担い手になる権利があるって、考えてるんだね――自分が卵を産ませたわけでもないのにさ。卵の面倒を見てきたのはぼくだよ。ともかく、彼らは担い手にふさわしくない、ランキンとどっこいどっこいだ。生まれてきた子が、彼らのうちの誰かを求めるとはとても思えない」

「愛しいテメレア、わたしたちは、誰かがよいところを見せようと思うには、不名誉を背負いすぎた相手なのかもしれないよ」ローレンスは言った。「でも、フォーシング空尉はいい士官だ。グランビーからそう聞いている。〈シューベリネスの戦い〉では、勇気ある奮闘を見せたと」

「ふふん、彼は最悪！」テメレアは即座に突っぱねたが、ローレンスにはなにがそこまでテメレアを熱くさせるのかわからなかった。「ぼくは不名誉を背負っていようが、ちっともかまわない。それで、ひどい扱いを受けるいわれはないよ。それに」と、テメレアはつづけた。「彼はすごくだらしない。上着はほつれてるし、ズボンにはつぎあてがある。ランキンだって、恰好はちゃんとしてるのに」

「ランキンは、伯爵の三男なんだ。だからよい服をあつらえることができる。一方、ミスタ・フォーシングは、ドーヴァーの海軍工廠に捨てられていた孤児だった。ドラゴンに寄り添って眠ろうと基地に忍びこみ、つかまったそうだよ。だから、彼にはまったく身寄りがない」

「上着にブラシぐらいかけてほしいね」テメレアは頑固に言った。「だめだ、誰ひとりいいって思えない。それを許したら、ぼくはアルカディに愛想を尽かされる」テメレアは頭を低くして卵を見つめ、先の割れた細い舌を殻に伸ばした。

「アルカディが卵をきみに託したのなら、わたしはこの件についてとやかく言う立場にないな」ローレンスは言った。「きみの判断にまかせよう。いずれにせよ、この作戦を決行するのはむずかしい。まずは、卵を隠す方法を考えなくてはならないし、それに――」

「ふふん」テメレアが言った。「ふふん、そうかな。きみ、どうするつもり？」

ローレンスはとまどい、一拍の間をおいて尋ねた。「失礼、なんと言った？」

「ちがうんだ、ローレンス。卵に話しかけてるんだよ」そう言うと、テメレアは驚いた表情になって首をもちあげた。冠翼が首にぴたりと張りついている。「孵化がはじまった。いまからこれを持ち去るのは無理みたいだね」

「いいかい、きみはそいつの前で、ほんのしばらく我慢しなくちゃならない」テメレアは、小さくかたかたと揺れはじめた卵に向かって言った。「そいつは誰かをずっと苦しめる場合もあるけど、きみはほんの何分か、じっとしてるだけでいい。それが過ぎたら、ほかの誰かを選べばいい。いや、選ばなくても、ぜんぜんかまわない。それから、もしそいつが、きみの気に入らないものをきみにかぶせたりしたら、ちょっとだけ待っててくれ、ぼくがすぐにそれを取り除いてあげるから。きみは——」と、テメレアはわずかにいらついて言った。「あと少しだけ長く殻のなかで待ってることもできたのにな。そうすれば、ぼくらがきみを安全なところまで連れ去ったのに。きみは、ちっともぼくの言うことを聞こうとしなかったね」

「キャプテン・グランビー、卵をほかの場所に移していただけませんか？　この先、どんなじゃまも入らぬように」ランキンが言った。彼と士官たちの一団が、細い道づたいに高台までのぼってきていた。「よろしければ、ここで孵化の準備をしたいのですが」ランキンが指し示したのは、彼が立っている道の脇、高台の崖っぷちからいちばん隔たった場所だった。

テメレアの冠翼が広がった。ランキンのやつ、ローレンスが話していた革のフードを持っている……。ほかにも、重い鎖のネットが運ばれてきた。テメレアも一度だけ、颱風(タイフーン)の吹き荒れる艦上で、それをかぶせられたことがある。まったく好きになれなかった。「いいかい、ほんのちょっとの間だから」声を潜めて卵にささやき、飛行士たちが卵を運び去るのをしぶしぶ許した。運搬が慎重であるのがせめてもだった。

卵が指示どおりの場所に置かれると、ランキンは若い空尉候補生を二名選んで、鎖のネットを持たせ、卵の両脇に立たせた。幼竜が飛び立とうとしたら、すぐさまそれを投げて動きを封じるつもりだろう。

さらにまずいことに、ひとりの少年が実にうまそうな羊を引いてきた。卵に最初のひび割れが走ると、ランキンがすぐにうなずき、ふたりの男が羊を屠(ほふ)り、たらいに入れた。テメレアをうっとりさせる温かい血の匂いを漂わせながら、たらいはランキンのそばまで運ばれた。こんなのは公平じゃない、とテメレアは思った。卵から出てきたばかりの幼竜は、腹を空かせている。あの旨そうな匂いに抗うのはすごくむずかしい。もしかしたら、あの羊の肉を奪ってしまうべきなんだろうか……。

「ねえ、グランビー」そばで見ていたイスキエルカが、体の突起から蒸気をシュッと噴きながら言った。「どうして、あたしにも羊の二、三頭、用意してくれなかったの？　もちろん、牛でもいいんだけど。あたしたち、お金はあるんでしょう？」

「そんなことを訊くのはお行儀が悪いよ、大切なイスキエルカ」

「だって、わからないんだもん」イスキエルカがグランビーに言った。「テメレアだって、あたしみたいに戦いの報賞金を稼げるほど賢ければ、お金がたまっていたのにね。テメレアがうまくやれなかったのは、あたしのせいじゃない。あたしまで、その埋め合わせにカンガルーばっかり食べつづける必要なんかないのよ」

「お願いだ、その話はあとにしてくれ」少し苛立たしげにグランビーが言った。「孵化がはじまっている」

卵がきれいには割れないことを、テメレアは冷静に観察した。複雑なひびが入った卵殻がとうとう割れると、ドラゴンの子がかけらやかすを飛び散らせながら姿をあらわし、体をぶるぶるっと震わせて付着物を振るい落とした。

あまりきれいじゃない、とテメレアは思った。その子は、リンジと同じように全身が灰色で、赤の太い縞が二本、胸骨から両翼の付け根まで伸びており、背骨から細く長いしっぽにかけて赤い斑点が散っていた。

「いい体つきですね」グランビーが言い、声を落として言った。「――くやしいなあ！　なんて強そうな肩をしてやがるんだ」

生まれたてにもかかわらず、すでに鍛えてあるような体つきだ、とテメレアは思った。前足のかぎ爪も鋭くて俊敏そうで、あれならすぐにも使えるだろう。

ランキンがフードを手に、すばやく二歩進み出た。ところが、孵化した幼竜は――テメレアは心のなかで快哉を叫んだのだが――前足をさっと伸ばし、ランキンからフードをひったくった。

「へへん、おいらはこんなものいらない」そう言うと、幼竜はフードの端を歯でおさえ、尖った爪を立てて一気に引き裂いた。

幼竜はびりびりに裂けたフードを満足そうに地面に投げ捨てた。「ほうら、こうしてやった。さっさと、肉よこせ」

後ろにいったんさがったランキンが驚きから立ち直って言った。「ハーネスをつけたら、すぐに肉をあげよう」

「そんな肉、きみには必要ないよ」テメレアは、飛行士たちの非難のまなざしを無視して、横から言った。「きみはいつでも、ものすごくおいしいカンガルーを狩れるんだから」

「へへん、好きになれないな。おいらが好きなのは、あそこにあるあの肉の匂い」幼竜はそう言うと、なにか思案するように首を傾けた。「ところで、あなたは伯爵の息子？」ここが肝心とばかりにランキンに尋ねる。「特別に立派な伯爵？」

ランキンは、しばし呆然としたのち、ようやく言った。「わたしの父の家系は十二世紀まで遡ることができる」

「ふうん。それで金持ち？」

「できることなら」と、ランキンが言う。「わが一族の繁栄について、あからさまに語るような不作法は避けたいものだね」

「へへん、お上品な言い方かもしれないけど、おいらにはぐっとこないな」幼竜はまた尋ねた。「その伯爵、牛飼ってる？」

ランキンはためらい、気圧されたようすで言った。「父の地所には酪農場がいくつかあったはずだ。牛は数百頭というところだろう、おそらくは」

「いいね、いいね」幼竜はうれしげな声をあげた。「じゃ、ハーネスを見せてもらおうかな。あなたは作法にうるさい人みたいだけど、おいらに肉を味見させてくれてもいいんじゃない？　ところで、あなたの髪、気に入ったよ」幼竜は最後に付け加えた。

残念ながら、それはテメレアも認めるしかなかった。ランキンの髪は黄色味が強く、日差しを浴びるとまるで黄金のように輝く。「それから上着だけど、あの人みたいにすてきなボタンじゃないね」今度はグランビーのことを言っているようだ。「あなただってあんなのを着られるんだよね？」

「ああ、もう、ランキンを担い手に選んじゃだめだったら！」テメレアは言った。

「すごくいやな人間だよ。レヴィタスをほったらかしにして酷い仕打ちをした。レヴィタスはいつだって彼を喜ばせようとしてたのに。それで、レヴィタスは死んじゃったよ。全部こいつのせいだ」

「ふうん、きみは何度もそう言ってたな、おいらがまだ外に出る準備をしてるときに。レヴィタスってやつのこと、聞きあきたよ。おいらは金持ちの伯爵の息子を自分のキャプテンにしたい。毎日カンガルーを食うつもりはないし、報賞金をもらうためにあくせく働くのもいやだ。でも、それ」と、ランキンが差し出したハーネスをちらりと見て言った。「ぜんぜんよくない。金具が汚れてる。おいらには似合わない」

「すごく汚れてる」テメレアはすかさず言った。「レヴィタスのハーネスもそうだったよ。いつもそうなんだ、泥だらけ。ランキンはレヴィタスに水浴びもさせなかった」

「これは間に合わせのハーネスだ」ランキンが言い、ためらいがちに付け加えた。「もっときみにいいのをつくってあげよう。そうだ、黄金の打ち出し模様をほどこしたハーネスを」なんて恥知らずな取り引きをするんだ、とテメレアは心で思った。

「あはっ、そのほうがいいな」幼竜が言った。

「きみには名前がいる。名前ならすぐにあげられる」ランキンは胸を張ってつづけた。「きみをこれからはセレニタスと呼ぶことに――」

「もう考えてあるよ、コンキスタドール」幼竜はランキンに最後まで言わせなかった。「いや、やっぱ、カエサルだ。おいらの知るかぎり、スペインの新大陸征服者たちは、カエサル皇帝ほどの黄金は手にしなかった」

「誰もきみをカエサルだなんて呼ばないよ」テメレアはむかむかして言った。「きみは中型ドラゴンの大きさまでしか成長しない、いまはそんなに大きくてもね。リンジはイエロー・リーパーの大きさもなかったからね」

「先のことは誰にもわからないものだ」幼竜は自分の言葉に酔いしれるように言った。「用意されてた名前よりずっといいじゃないか。いずれ、カエサルという名前がおいらに似合うようになる。まあ見ててよ」

そのあとで、テメレアはローレンスに言った。「やれやれ、ぼくはもう手を引くよ」それでもカエサルのほうを見ると、ますます腹立たしくなった。ふふん！　なんてことだ、二頭目の羊を食べている。ランキンは、カエサルが一頭目の羊をたいらげると、お替わりの羊を取りにやらせ、それを切り分けさせた。そして、孵化したばかりのときにたくさん食べることがきっと成長の助けになるだろうと言い、見え透いたご機嫌とりをした。「ぼくは、ぜんぜんそんなこと信じちゃいないよ」テメレアは言った。「それにしても、ランキンとカエサルは、もののみごとにお似合いじゃないか」ローレンスが冷ややかに言った。「さて、わたしたちは、これからどうしたものかな」

4　内陸への遠征

「ローレンス、気を悪くしないで聞いてください」と、グランビーが低い声で言ったとき、道の反対側ではカエサルが、ランキンが孵化後の一週間分と見積もったにちがいない家畜を喰らいつづけていた。「こんなお願いをするつもりはありませんでした。ランキンがあいつにハーネスをつけるのに成功しなきゃよかったんですが……。でも、結果はあのとおりで、ほかに道はありません。つまりあなたは、ぼくを仲介者として、彼との不和を解消するしかないってことです」

「失礼、なんと？」ローレンスは耳を疑った。

しかし、グランビーは首を振りながら言った。「あなたがこういうことに慣れてないのは知ってます。でもどうか意地を張らないでください。ひとつの基地に、永遠に反目し合うふたりのキャプテンがいるのはよくありません。もちろん、けんかもだめです。とにかく、こじれた関係を修復しなくては――あのいまいましい屑野郎のことをあなたがどう思っていようが」と、仲裁の申し出を失敗させかねない言葉を最後に付け足した。

まったくもって、ローレンスはそんなことに慣れていなかった。ランキンに対して謝罪を申し出る? 反目しているからこそ、彼は救われてきたのではないか。正義のために剣を抜くこともできたのにそれをこらえてきた。それを詫びろと? ぞっとする。考えることすら我慢ならない。

「あなたが不和を解消しようと考えないのは当然です」グランビーが言った。「なぜなら、あなたのほうが大きなドラゴンに騎乗しているからですよ。でもだからこそ、最初に和解の姿勢を示すのは、あなたでなくちゃいけません。彼には無理です。下手に出たと見なされてしまいますからね。これは、あなたが公式にキャプテンじゃないこととは関係ありません。だって、テメレアという存在が消えてなくなったわけじゃないんですから」

いちいちもっともだった。しかし、ローレンスにとって和解はそう簡単ではなかった。和解の姿勢を示すのは、欺瞞と撤退という最悪な双方に手を染めることだ。「無理だ、ジョン。これっぽっちも和解する気はない。自分の行いと、その行いが招いた結果を悔いてもいないのに、あたかも悔いているかのように装うのは、わたしにとって、もっともたちの悪い自己欺瞞だ。この状況下でそんな和解は、自分が忌み嫌う利己主義にも手を染めることになる」

「ああ、やれやれ。あの野郎にこびろって言ってるわけじゃありません」グランビーは、ローレンスへの好意と苛立ちをにじませて言った。「ぜんぜん、そんな話じゃないですよ。お膳立てをぼくにまかせて、あなたは彼とちょっと話すだけでいいんです。あとはもうその話を二度と持ち出さない。どちらからも。それでおしまい。あなたの評価がさがることもありません。不和はカエサルにも悪影響をおよぼしますよ。あなたが彼のキャプテンを無視しつづければ、かならず、カエサルとテメレアとのあいだでけんかが起きます。それでもいいとは、あなたには言えないはずです」

グランビーの主張はあまりにも正論で、ローレンスには無視しきれなくなった。かろうじて一度だけ小さくうなずき、承諾(しょうだく)を示した。そして、その日の夜、ランキンと同じテーブルについた。彼が新しいドラゴンを得たことを祝うという名目で、グランビーが街の宿屋兼食堂にささやかな晩餐の席を設けたのだった。しかし、ローレンスはランキンから目を逸(そ)らしつづけていた。グランビーは、ローレンスのほうを心配そうに横目でちらりと見たあと、いささか力の入りすぎた声音でランキンに言った。

「カエサルがあなたを手こずらせるんじゃないかと心配しています。すごく自己主張の強いドラゴンですからね」

自己主張の強いドラゴンの扱いについてそのへんの誰よりもよく知るグランビーだからこそ、内輪の席でなら、このような発言も許されると考えたのだろう。この席に出る前、彼はもっと率直にローレンスに言った。「ちょっといい気味ですね。あのちっこいやつは、ランキンにとって、当然の報いです。ランキンがカエサルに引っ張り回されながら、言うことを聞かせようと躍起になるところを見たら、大笑いできるんじゃないかな。ランキンにとってとんだ厄介者だとしても、こっそり始末してそのへんに捨てることなんてできませんから」

ランキンと同席するしかない結果を生んだいまの状況を、ローレンスは到底おもしろいとは思えなかったが、底意地の悪い満足感をささやかに覚えていたことも否定はしない。しかし、ランキンがグランビーに取り澄まして答えるのを聞いたとき、そのささやかな満足感さえ怪しくなった。「誤解しておられるようですね、キャプテン・グランビー。そのような心配はまったくありません」

ランキンはつづけて言った。「卵の管理にいささかの問題はあった。それは確かです。孵化のようすが、あなたのおっしゃるような懸念を生んだことも認めましょう。しかしわたしは、あの誕生の瞬間から、カエサルがきわめて素直な性質に生まれついていることを知り、勇気づけられている。それどころか、彼は賢く、従順である点において、ほかに類を見ないほど非凡な竜であると言っても過言ではありません」

ローレンスは唖然とし、グランビーも返す言葉を失っていた。あまりにも見たことと話がちがう。その日の午後カエサルが見せつけたのは、とてつもない食欲だけだった。ランキンは、はずれくじを引いてしまったことを認められず、自分に都合のよい解釈をあえて選んでいるのではないだろうか。

だが願望を口にしているだけとは思えない自己満足をにじませて、ランキンは語りつづけた。「わたしは、彼が良き行動規範を身に付けるように躾もはじめました。いずれ、すべての飛行士の究極の理想である忠実かつ従順なドラゴンに育ってくれることでしょう。彼はその期待に応えるように、わたしの感情と知識を汲み取ろうとしている。そして、わたしの意見をいちばんに尊重してくれるのです」

「はあ、なるほど」グランビーが曖昧に返事した。「ミスタ・フォーシング、もっとワインを」これをきっかけに、話題はぎこちなくほかに移った。

しかし翌朝、ローレンスが驚いたことに、ランキンは高台にいた。一冊の本を手に、カエサルの朝食に付き添っている。そして、まだ食事中のカエサルの横にすわり、本の朗読をはじめた。なんとも古風な文章だったが、聞こえてくる内容から、ローレンスには飛行法に関する書物だろうと察しがついた。

「へええ。よくもまあ、あんな黴臭い本を掘り起こしてきたもんだ」グランビーが侮蔑を込めて言った。「チューダー王朝時代のものですね。ドラゴンをいかに管理するかしか書かれてない。学校で読まされましたが、いまじゃもう時代遅れとしか言いようがないですよ」

しかしながら、カエサルは骨をしゃぶりつつ熱心に耳を傾け、大真面目に言った。

「おいらの大事なキャプテン、異議なし。すごく納得できる。ところで、羊をもう一頭いいですか？　しっかり覚えておこう。その本は、幼竜期の食事が重要だって言ってる。あなたも同じ意見ですよね、もちろん。おいらはこれからも、あなたの経験と教えに導かれていくつもりですが、ひと言だけ言わせてもらうなら、腹いっぱいのときのほうが、任務をうんと頑張りたいという気持ちが湧いてくるみたいです」

「生まれてくる子のことを心配しすぎて、このざま」と、イスキエルカが言った。

テメレアは痛いところを突かれたとも思わなかった。カエサルのことを心配するのはもうとっくにやめた。それどころか、カエサルの健康と幸福のために、牛の臓物ひとかけらさえ分け与えたくないといまは思っている。もちろん、あいつの食糧が不足しているようにはぜんぜん見えないのだが……。

カエサルは、この一週間で、九頭の羊、まるまる一頭の牛、一匹のマグロ、そして、ランキンが所持金の減りつづける勢いに恐れをなして方針を変更してからは、三頭のカンガルーまで食べた。それだけでも、テメレアはあの幼竜に腹を立てた。あの舌なめずりとうれしげな食べっぷりには、ことさらに。

いや、大食らいのほかにも問題があった。「おお、おいらのキャプテンが会いにきてくれた」と、わざとらしい大声で叫ぶので、真昼の暑さのなか、心地よいまどろみをしょっちゅうじゃまされた。そんなとき、カエサルはこのうえなく満足そうに、あなたはとてもすてきに見えるとランキンに告げ、彼の身に付けた金の飾りについていちいち細かく尋ねるのだった。

唯一期待したのは、ランキンの〝ほったらかし〟が再発し、彼がいなくなることだったが、そのような気配はなかった。いなくなるどころか、つねにいるので、カエサルばかりかランキンにまで耐えなければならない。一日じゅう、あのばかげた本を朗読するランキンの癇に障る声を聞かされる。ドラゴンはキャプテンに質問してはならないとか、編隊飛行の練習にすべての時間を費やせとか、まったくばかばかしいことばかり。

「ぜんぜんわからないよ」と、テメレアは不平を言った。「どうしてなんだ？　あいつは以前、これ以上ないってくらいすばらしいドラゴンを担ってたのに、ちっとも姿を見せなかった。ところがいまは、あいつのそばにつきっきりだ。立ち去ってほしいってそれとなく言ってみたけど、わかっちゃいない。暑い午後には、誰だって昼寝をしたいのにさ。ぜったい動こうとしないんだ」

「彼は英国にいたほうが、彼の好みにあった社交生活ができたんじゃないかな」と、ローレンスが言った。「以前は伝令竜を担うキャプテンで、楽な任務だった。自分と同じ社会的階層の友人たちを気軽に訪ねることもできただろう。航空隊の飛行士のあいだで、人に好かれるほうではなかったからね」

「だろうね。わかる」テメレアは嫌悪を隠さず言った。

問題はこれだけではなく、ランキンがブライ総督とも接触を保っていることだった。テメレアはいまではすっかり、ブライを不快な人物と見なしている。ブライは、カエサルがもう少し成長したら、ランキンに自分の復権を手伝わせようともくろんでいた。実際、ランキンは、それについてカエサルと話し合っていた。

「おお、もちろん」と、カエサルが言った。「おいらの大事なキャプテン、あなたとブライ総督のおかげで、おいらはこれからもずっと幸せです。おいらたちの植民地にとって重要なのは——」おいらたちの植民地だって？　テメレアは心のなかで毒づいた。「——最高の指導者がいなきゃならないってことですね。わかってますよ。そして、総督というのは、すごく大きな力を持ってる。土地を与えるんでしたよね？」

ランキンがしばらく間を置いたのちに答えた。「そうだ。まだ誰のものでもない土地を総督が与えるんだ」

「そうか、そうか」カエサルが言った。「牛と羊を飼うにはうんと広い土地が必要ですね。ブライ総督ならそれをよくご存じにちがいない」

「小賢しいやつだな」テメレアが怒りに震えてその会話を報告すると、ローレンスは冷ややかに言った。「残念ながら、わたしたちは行き詰まっているようだ」

「ローレンス……」テメレアはぎくりとした。「ねえ、ローレンス。まさか、このぼくがあいつに負けるなんて思ってないよね。もし、あいつがぼくらを困らせるつもりなら——」

「もし、きみがあいつとけんかするつもりなら——」ローレンスが言った。「ただでさえ窮地に立たされているんだから、そんな争いは、ぜったい避けなければならない。たとえあいつが負けても、きみがひどい怪我を負う場合もあるだろう。そんな危険を冒したところで、結局、きみはますます無法者扱いされて、土地の人々から恐れられる。だとしたら、争うのは理にかなった選択とは言えないな。いいかい、あともう少しで英国から公式の命令書が届き、この植民地を統治する新しい秩序が確立されるんだ」

「それが、ブライと同じくらいひどいってこともありうるね。そんな気がするなあ」

「統治が確立しようが崩壊しようが、その責任がわたしたちにないかぎり——」と、ローレンスは厳しい表情で言った。「そして、わたしたちがその統治者の宿敵でも朋友でもないかぎり、わたしたちの境遇が改善される可能性はある」

「ぼくにはよくわからないけど……」テメレアは、その問題についてしばし黙考した。ローレンスと同じ考えだとは言いきれないのだ。「ねえ、ローレンス。ぼくらは、この土地に相当長いあいだとどまらなくてはいけないの？」答えを待つために沈黙した。ローレンスはすぐには答えず、少し間をおいてから言った。「そういうことだね」そして、静かに語りはじめた。「愛しいテメレア、きみの能力が無駄にされていることを嘆かわしく思うよ。もちろん、ジェーンはわたしたちのために最善を尽くしてくれるだろう。ただし、英国ではハーネスを装着しないドラゴンと政府とのあいだでひと悶着が起きている。ブライは本国に報告を送るとき、わたしたちのことにも触れるだろう。そういうことを考え合わせれば、すぐにも召還されるという希望は持たないほうがいいだろう」

ローレンスが答えを返しながら落ちこんでいくようすを、テメレアは見逃さなかった。「ここにしばらくとどまるのも、きっと楽しいさ」決然と言い、両翼をきっちりと体に寄せた。「もし、ぼくらがここに残るしかないなら――」声にいささかの落胆も交じらないように注意した。「カエサルの言うことにも一理あると思うな。ぼくらには優れた指導者が必要だ。ぼくらにちゃんと食糧を配給する人、すべてに抜かりなく対処できる人……そうだね、ドラゴン舎もあればいいなあ、この暑さをしのげるような日除けと水飲み場があって、中国で見たような広い道路もついでにつくればいい。そして、ドラゴン舎を街中に建てるんだ、ほんとうの文明国ならそうするように」

「そんな計画には希望を持てそうにないよ。どんなに願ったところで、自治権を持った統治者の後押しがなければ無理だ」ローレンスはいったん言葉を切り、声を落としてつづけた。「もちろん、ブライと取引することもできないわけじゃない。彼がきみの並みはずれた強さを意識していないはずはない。そして、少なくとも、彼はわたしたちをおとなしくさせておく必要があると考えている。もし、彼がランキンの助けを得るとしてもだ」

「でも、ローレンス、ぼくはブライが好きになれない。あいつは信用ならないやつだ。あいつがなにか言ったり、なにかやったり、誰かと親しくするのは、すべて自分が総督に復帰するという目的にかなっているときだけだ。でも、復帰したいのは、誰かを助けたり喜ばせたりしたいからじゃないね。ぼくにはそう思えるよ」

「そうだな。彼が願っているのは、自分の汚名をそそぐことだけだろう」ローレンスは答えた。「いや、復讐を果たすこともだな。まあ、いわれなきものではないが……。

そうは言っても――」とつづけ、また黙し、首を振った。「彼の統治には独裁的な側面があったのだろう。彼がこの植民地を統治していた長期間、市民の声は聞き届けられていなかった」

テメレアは、ローレンスの言ったことについてさらに考えた。その午後、カエサルが牛の放牧場をつくる計画についてランキンと熱心に話しはじめたせいで、昼寝ができなくなったのだ。

〝窮する者に選択の余地なし〟ということわざの意味が、このごろよくやくわかってきた。みずから選んで、この土地にとどまっているわけではない。だがそれでも、最善を尽くさなければならない――自分のために、ローレンスのために。

はからずも気づいてしまったのだが、これまでは、イスキエルカはさもしい掠奪者にすぎないだの、ローレンスなら見向きもしない悪趣味をグランビーに押しつけているだの、そんなふうに怒ることで、ある種の鬱憤晴らしをしてきた。しかしいまそこに、ランキンが加わった。近頃ではランキンまで金ボタンの上着を身に付け、ローレンスにこそふさわしい空佐という地位におさまっている。なにをしなければならないか、迷う余地はない。これまでは、ランキンにろくに対処してこなかった。だがこの状況に、しっかり向き合わなければならないときが来たのだ。

「ディメーン」テメレアは頭をもたげて呼びかけ、ランキンには理解不能な、ディメーンのふるさとの言語、コーサ語で話しかけた。ディメーンはエミリーと現金を勘定しているように見えたが、実際は弟のサイフォに数えてもらい、自分は古い火打ち石銃の手入れをしていた。最近、さらに四挺の火打ち石銃を街で注文してきたようだ。

「ディメーン、前にここにやってきた人を覚えているかい？　名前はマッカーサーだったかな。その人が街のどこに住んでるか調べて、伝言を届けてくれない？」

「わたしは、自分がこの状況にきちんと向き合ってきたとは、いや、いまのいまも、そうしているとはとても思えない」ローレンスは重苦しく語りはじめた。自分の指が落ちつきなくテーブルを打っているのに気づいたが、やめるには努力が必要だった。

これまでは、できることなら態度保留のままでいたいと思っていた。しかし、ここにきて気づいたのは、植民地のいまの実権者たちが排除され――それこそブライの望みなのだろうが――本国からの正式な回答を待たずに処刑されるというなりゆきをただ見ているのは、心情的にそう楽ではないだろうということだった。

「だが、もしランキンがブライの支持にまわったとしたら、わたしも態度を決めなければならないだろう――つまり、傍観するのか、干渉するのか。できるならわたしは」ローレンスは、苦い思いでつづけた。「ランキンがブライの味方になったというそれだけの理由で、ジョンストンとマッカーサーのほうに共感を覚えるような、そんなちっぽけな人間にはなりたくない」

「もっと狡猾に立ちまわることもできますよ」と、サルカイが言った。「少なくとも、あなたは私利私欲で態度を決めようとはしていない。ブライの復権は、あなたにとっては有利でしょうに」

「いや、それは、わたしが彼の復権に加勢した場合にかぎるだろう」ローレンスは言った。「しかし加勢することは、わたしの思う正義と折り合わない。それに、加勢することが祖国のためになるものかどうか」そう言ったそばから、やりきれない思いに唇をゆがめた。「どんな行動をとっても、海軍省委員会の新たな猜疑を招くだけだろう。わたしとテメレアはどちらも選べない。わたしたちが求められているのは沈黙の服従なのだから」

「お言葉ですが」と、サルカイが言った。「その点に関して、あなたはけっして彼らを満足させられないでしょう。なぜなら、あなたとテメレアにとって、いちばんむずかしいのが沈黙の服従だからです。あなたは、沈黙の服従に甘んじるべきではないと、もう結論しているのではありませんか?」

ローレンスは、そんなことはないと言い返したかった。軍律を重んじていたし、心の底では、まだ自分を軍人だと思っていた。もちろん、恭順(きょうじゅん)の域を超える権威への服従を強いられるのは願いさげだ。しかし、否定の言葉が喉(のど)につかえていた。何を理由にしようが、海軍省委員会は不服従の言い訳などにいっさい耳を傾けないだろう。

サルカイは、心のなかで葛藤(かっとう)するローレンスをしばらく見守ってから言った。「まったく別の選択肢もありますよ。あなたさえその気になるなら」

「この世界の果てにとどまり、テメレアが繁殖に浪費されていくのを見ながら、倦怠(けんたい)に染まり、人とのつながりをなくしていく。そんなところかな?」ローレンスはうんざりして言った。「この植民地のために役立つ仕事はできるかもしれない。荷運びや、道路建設の手伝いや――」

「海へ出ることもできます」サルカイの言葉に、ローレンスは驚いて彼を見つめた。

「いいえ、夢物語を話しているのではありません。アブラーム・メイデンを憶(おぼ)えていますか？」

ローレンスはいささか驚きながらうなずいた。イスタンブールを離れて以来、その商人の名はサルカイの口から一度も出てこなかった。もちろん、メイデンの娘の名もしかり。サルカイの心の傷に触れてしまうのではないかと気遣い、ローレンスからはその娘のことも話題にはしなかった。「メイデンにはいまも恩義を感じている。つつがなくやっているだろうか。わたしたちがイスタンブールから脱出したあと、彼は疑いをかけられなかっただろうね？」

「だいじょうぶです。万事うまくやりました。トルコ側はおそらく裏切り者をさがそうともしていないでしょう」サルカイはしばし押し黙り、唇をわずかにゆがめた。

「最近、初孫が生まれたそうです」

「そうか」ローレンスはそう言うと、腕を伸ばし、サルカイの杯(はい)を満たした。

サルカイは黙って杯をあおり、しばし沈黙したあと、唐突に切り出した。「メイデンからの要請で、わたしは東インド会社の取締役会と仕事の契約を結びました。取締役の何人かの紳士が、私掠船(しりゃくせん)に興味を示しています。大西洋でフランス商船を襲う私掠船の準備をしたいそうなのです」

「なるほど」ローレンスは礼儀正しく返したが、なぜこんな話をいま出してくるのかといぶかった。東インド会社の紳士たちが、世界の果ての小さな港にどんな仕事を求めているのだろう？ 理解しがたいが、それがサルカイがここへ来た理由だということは察しがついた。そこまで考えたところで、ローレンスははっと気づき、椅子の背に身を引いた。なんと、自分はサルカイからその仕事に誘われているのだ。

「テメレアを私掠船の仕事に就かせるのは無理だ」ローレンスは言った。サルカイはそんなことができると本気で思っているのだろうか。テメレアがどんな竜かを知らないというのならともかく……。

「この件をまだ東インド会社の紳士たちに持ちかけてはおりません」サルカイが言った。「しかし、あなたさえその気になれば、現実的側面はどうにでもなりますよ。資金はあるのですから、ドラゴンを運べる船も建造できる。いかなる船も沈められるドラゴンは、取締役会の興味を引きつけるにちがいありません」

サルカイは確信を持って話しており、ローレンスにも彼の言い分は納得できた。ドラゴンは通常このような目的のためには使われず、国家的任務のなかでも使用範囲が限定される。ドラゴンと一等艦およびドラゴンの重量に耐える輸送艦は、海上封鎖か海戦にしか投入されず、敵国商船の襲撃を任務として課されることはない。テメレアに敵はいないも同然だろう。ドラゴンで武装した私掠船なら、海上で遭遇する船をやすやすと奪うことができる。

ローレンスは答えに詰まった。私掠船に不名誉なところはない。まったく、ない。海軍を離れて私掠船に乗りこんだ何名かを知っており、それによって彼らへの尊敬が揺らぐことはなかった。

「ただし、英国政府があなたに敵国船拿捕許可証を出さない可能性は考えられますね」

「いや、それはないだろう」ローレンスは答えた。「これは海軍省委員会にとってみごとに好都合だ。テメレアを使ってフランスの海運業に大きな打撃を加えられるのなら、テメレアをこのニューサウスウェールズ植民地に漫然ととどめておくより、英国にとってははるかに大きな益をもたらすはずだ。テメレアを前線に戻して、扇動されるかもしれない仲間のドラゴンたちと合流させる危険も冒さずにすむ。

「あなたを急かすつもりはありませんが」と、サルカイは言った。「もし、ご紹介が必要なときには、いつでもお役に立たせていただきます」

「なんだかわくわくするよ」サルカイから受けた提案について手短に説明すると、テメレアはかなり熱を込めて言った。「たっぷりと報賞金を稼げるね。イスキエルカなんか目じゃないな。その船が完成するまで、どれくらいかかるんだろう？」

ローレンスはまだ決まった話ではないとテメレアに言い聞かせるのに苦労した。テメレアは将来手にするひと財産の使い道にまで夢をふくらませた。「だって、あなただって、ずっとここにいたいわけじゃないよね？」と言い、「あ、もちろん、ここがよくないってわけじゃないんだけどね」と、最後に取って付けたように言った。

日中では明け方と遅い夕暮れだけがかろうじてしのぎやすい時間だったので、いつしか早起きと夜更かしの習慣がついた。日の出とともに、太い帯のような日差しが海面を照らし、湾のあらゆる入り江を白くまばゆく輝かせ、黒みがかった緑と沈黙のつくる陸地の曲線を際立たせた。

テメレアはこの二日間、なにも食べようとしなかった。たいして動いていないのだから、夜更かしが著しく健康に響いているとは思えない。ローレンスは、むしろテメレアの食べ物へのひそかな蔑みが原因ではないかと心配した。これは、テメレアの舌が肥えてしまったために招いた残念な結果でもある。軍務に就く者にとって、味覚の洗練は危険だ――いや、そう思うそばから、自分たちはもう軍務に就くことはないのだと、もう一度自分に言い聞かせた。

ただ、そうだとしても、屈強な胃袋を持つことは生きる強みになる。ローレンスは、人生でもっとも食欲旺盛な青年時代、乗り組んだ艦で出される食べ物だけで生きていた。それ以前は粗末な食事に耐えなければならないような環境にはいなかったのだが、数年間は虫の湧いた乾パンと塩漬け豚肉だけを毎日食べた。

一方、テメレアは、成長期の早い段階から食べ物の好みにうるさくなった。ゴン・スーは一生懸命やっているのだが、どんな腕のいい料理人でも、痩せた雑食性のけものの肉や骨や臓物をよく肥えた牛の霜降り肉に変えるのは無理というもので、ローレンスはせめてもの慰めに、自分の金を工面して何頭かの牛を賄えないものかと考えていた。

「あれは、カエサルの朝食だね」と、テメレアがため息まじりに言った。一頭の牛のかすかな鳴き声が、高台のふもとから聞こえていた。だが意外にも、いつもより少しだけ仕事がいやそうではない青年が引いてきたのは、カエサルではなく、テメレアたちへの贈り物だった。青年はつっかえながら、ミスタ・マッカーサーからの挨拶をローレンスに伝え、夕食会に誘う招待状を手渡した。

「彼がこんなことをするとは驚きだな」ローレンスは、驚くというよりとまどって言った。先日マッカーサー自身がこの基地——どんなに変則的な組織だろうと、公式の前哨基地であることに変わりはない——を訪れたのにも驚いたが、今度は、ローレンスを自宅で催される夕食会に招待したいと言ってきたのだ。彼の妻が参加者を決めるので、さまざまな人が集うことになるらしい。

「なんとも奇妙だ。ただし——」と、ローレンスは声を落としてつづけた。「ランキンがブライの復権に興味を示したという情報がすでに洩れているなら、話は別だな。だとすれば、それはわたしに近づく充分な動機になる」

「ふんふん」硬くて大きな腿の骨をかじりながら、テメレアが生返事を返した。テメレアの関心は、もっぱらゴン・スーが腕によりをかける料理のほうに向かっている。マッカーサーから贈られた牛が解体され、蒸し焼きにするために薬物や穀物といっしょに地中に埋められるところだ。カエサルも片目をあけて、ひそかになりゆきを見守っていた。

夕食会の開始は、日中の暑さがおさまる夕暮れに出かけられるよう遅い時刻に設定されていた。ごちそうを食べ終えたテメレアはローレンスを乗せて、やわらかな青が一面に広がる空を飛んだ。きょうも一日、雲ひとつない晴天だった。馬なら荒れ地を越えるのに一時間はかかる距離を、テメレアはものの十分で飛び、屋敷の前に広がる耕地に舞いおりた。

「マッカーサーに牛のお礼を言ってね」テメレアは満足そうに言い、ひと眠りするための体勢をとった。「あなたはとても寛大な人で、もう臆病者だとは思ってないって」

ローレンスは耕地を歩いて屋敷に近づき、玄関前の小道に入る前にブーツの泥を払った。空を飛ぶのに適したズボンとヘシアン・ブーツを履いていたが、礼を失しないように首にはクラヴァットを結んでいる。馬番が出てきて、ローレンスの馬をさがしてきょろきょろしたあと、玄関扉を指し示した。屋敷は特別に豪華ではなく、日々の暮らしに合わせて実用的につくられており、住み心地がよさそうで、室内のしつらえには気品と趣きがあった。

ローレンスが通された客間にはすでに人が集まっていた。わずか四名の女性に男性は七名で、そのほとんどが軍服を着ていた。ひとりの女性が立ちあがるのと同時に、マッカーサーがローレンスに近づき、妻のエリザベスだと紹介した。

「わたしたちの社交はとても略式なんですの。お許しいただけますわね、ミスタ・ローレンス」ローレンスが片手をとって正式なお辞儀をすると、彼女はそう返した。

「このような未開の地にいると、わたしたちは哀しいかな、ぞんざいになってしまいます。きちんとせねばという思いを炎暑が打ち砕くのです。ところで、長い道のりにお疲れが出ていなければいいのですけれど……」

「いや、まったく。テメレアに運んでもらいましたから」ローレンスは言った。「いまは南西の畑にいますが、かまいませんか？」

「もちろん、かまいませんとも」そう言いつつも、夫人は目を大きく見開いた。

将校のひとりが言った。「あの怪物が、畑にいるっていうのかい？」

「あの怪物のもっとも恐ろしい武器は、舌。そう、舌鋒です」マッカーサーが言った。

「わたしは、ずたずたに切り刻まれるところだった。あの牛で少しは彼を懐柔できたでしょうか？」

「まさしく、あなたの目論見どおりに」ローレンスはさらりと返した。「あなたはテメレアの弱いところを突きました」

夕食会は――まだ口外されない目的がどこかに隠されているとしても――居心地よく、洗練されたものだった。この植民地の社交界になにが待ち受けているのか、ローレンスにはまだわからなかったが、ミセス・マッカーサーは品格ある女性で、この土地の気候と情勢が格式ばったことを面倒くさく、ばからしく思わせてしまうのかもしれないが、彼女にも作法にこだわらない大らかさがあった。

それでいながら、彼女が差配した夕食会には、独特の洗練があった。男女比のバランスがとれなかったために、食事は二部に分けられ、彼女はその合間の気分転換にと、明かりを灯した庭の散策に客たちを連れ出し、戻ってくると席を改めて女性の隣席を新しくした。

料理も、土地の気候に適したものが考えられていた。新鮮な胡瓜とミントの冷製スープと、細かく砕いたコンソメ・ゼリーをあしらった肉料理。大きな塊から薄く削ぎ切りにされた牛肉。あっさりと茹でた鶏肉。食後にはプディングの代わりに、焼き菓子がさまざまなジャムを添えて出され、香り高い紅茶が供された。そのすべてに極上の磁器が使われていた。ローレンスもよく知る、繊細な藍色の濃淡模様を生かした白磁だ。それらはヨーロッパの工芸技術ではつくれないもので、強度にも優れていた。

ローレンスがそれを指摘し、褒め言葉を添えると、女主人は意外にもとまどいを見せた。「まあ、あなたに弱みを握られてしまいましたわ、ミスタ・ローレンス。いけないとよくわかっているのに、これの誘惑には勝てませんの。もちろん、密輸品にちがいありませんが」

「大きな声で言わないこと!」マッカーサーが大きな声をあげた。「真相を知らないかぎり、きみは好きな食器を手に入れ、わたしたちはそれでお茶を飲む。そして、悪党どもには、久しく栄えあらんことを」

ブライ総督が謀反人たちに責任があると訴えていた多くの問題のひとつが、密輸の横行だった。シドニーの裏通りの貿易商社には、中国から来た品々があふれ返り、それらが東インド会社の独占の網をすり抜けてきたものだということは、その安い値段を見れば容易に想像できた。「おそらく、あの男は、この日照りもわたしたちのせいにするでしょうね。どうやら、来月までこの晴天はつづきそうですよ」女性客たちが離れていったあと、マッカーサーは、ポートワインのグラスをローレンスに勧めて言った。

「わたしたちが総督の認めていない品々を持ちこんでいないとは言いません」と、

マッカーサーはさらに話をつづけた。「しかし、ラム酒は、わたしたちにとって必需品です。ここでは、グラスにラム酒を注いでやらなければ、誰も働かない。そして、そのラム酒ひと瓶に、わたしたちは五シリング以上を注ぎこむ。ばかげた話ですよ。酒浸りの肝臓には、西インド諸島産の旨い酒とベンガル産の安酒の区別もつかないというのに。だが、それすらいまは入ってこなくなった。アフリカの品々もです——そう、アフリカのケープ植民地を奪われてからは。

そして、中国からの品々について言うなら……いまいましい！ 中国産の磁器を船で運ぶ手間と危険を引き受け、このシドニーでひと箱二ポンドで売るくらいなら、いっそ、直接イングランドに船で送ったほうが儲かるのです。たとえ一度にひと箱しか買えない品薄なときでも、そうやって、ひと財産築いた連中がいるのです」

周囲の人々が同意のつぶやきを洩らし、それが貿易協定をめぐる話への呼び水になった。ローレンスの見たところ、軍人たちは商売にも手を染めており、商売人はみな軍人あがりで、ほぼ全員が地主だった。つまり、ここでは、誰もかれも似たような境遇にある。投資のチャンスを提供できるような実業家がこの地にあらわれないかぎり、あるいは、彼らの一時しのぎの蓄えが自在に活用できる財産にならないかぎり、それはしかたのないことだと思われた。

葉巻がふるまわれて、みなが火を付けると、マッカーサーはローレンスを庭に臨む扉までいざなった。開かれた扉から、先刻まで木にぶらさがり眠っていたコウモリの大群がキィキィと鳴きながら木立の周辺を飛びまわるのが見えた。「来てくださって感謝します」マッカーサーが言った。「ご招待する理由をほとんど説明しなかったにもかかわらず」

「厚くおもてなしいただきました」と、ローレンスは返した。「こんなに歓迎していただけるとは思っていなかった」

「ブライ総督は、わたしを反逆者と呼んだのでしょうね。いや、わかっています。これまでもずっとそうだった」マッカーサーは言った。「彼は、わたしを反逆罪で絞首刑にするつもりでいる。この状況で、それに知らんふりを決めこむつもりはない。自分の行いに対して審判を受ける覚悟はできていると、前にあなたにも言ったはずです。ああ、覚悟はできてます。しかし、判決が出てもいないのに、絞首台まで歩かされるのはまっぴらだ」

ローレンスはいささか重い気分で庭を眺めたが、その眺めには心安らぐものがあった。よく手入れされた庭と、その向こうに大きく広がる農地。このマッカーサーの地所こそ、彼が一から這いあがってきたことの揺るがない証だった。彼は、孤立した厄介な土地で、文明の旗を掲げて――街のみじめさと空騒ぎのなかには見つからない品位や洗練を保ちながら――前進してきた。ローレンスには、自分自身がイングランドや洗練から遠く隔たっているからこそ、マッカーサーがなにを求めてきたかがよくわかった。

ローレンスは丁重に答えた。「あなたがなにを望んでおられるかは理解できます。しかし、どうかご寛恕を。どのような行動計画にも、わたしは関わるつもりはありません。テメレアを関わらせるつもりもありません。どんな行動を起こそうが、わたしのこれまでの評判は、わたしを実際以上に反逆者に見せてしまうでしょう。それで言うなら、たとえ味方についても、あなたにとって、たいした益にはなりません」

「率直な言い方を許してもらえるなら」と、マッカーサーは切り出した。「あなたは、かなりむずかしい立場に置かれることになるでしょう。つまり、ブライ総督の復権にとって目障りな存在になる――もし、半月後に本国からフリゲート艦が到着し、わたしたちがこの南半球最悪の、縛り首にすべき悪党だという宣言がなされ、銃の脅しによって、ブライが元の地位におさまるのだとすれば。いや、赤の他人であるあなたに、いっしょに縛り首になってくれとは言わない。だがもし、あなたが話を聞いてくださるならば、そのような事態を避けるためのひとつの方策をあなたに提案できる」

マッカーサーはローレンスを書斎に案内し、机の上にニューサウスウェールズ植民地の地図を開いた。植民地とそれを取り囲む山々。渓谷と頂(いただき)が複雑に入り組む山岳地帯は巨大な迷宮のようで、漠然としか描かれていない。

「あなたの望みとわたしの望みは、なんら矛盾しません」マッカーサーが言った。

「あなたは、この反乱事件に関わりたくない。そういうことですね。わたしも同じだ。あなたに関わってほしくない。あなたとともにこの地にいるすべてのドラゴンに関わってほしくない――せめて最後の審判が下る日まで。その日はそう遠くないでしょう。わたしたちの反乱を知らせるフリゲート艦がシドニーを出たのは、事件からわずか一か月後なのだから」

彼の提案は、遠征隊を組むことであり、その目的は、ブルーマウンテンズを越えて植民地からその向こうの平地まで、家畜を移動させられるルートを確保することだった。「山岳地帯を越えたところにある平地で、あなたたちのドラゴンに必要な基地をつくればいい。土地は好きなだけあなたたちのものになる。誰も文句など言わない、あなたがた自身がそこへ行く道を拓くのだとしたら」

マッカーサーはつづけて言った。「キャプテン・グランビーのほうが先任でしたね。だとしたら、この遠征をキャプテン・ランキンに命じられるのではありませんか？あの生まれたばかりのドラゴンが、いまの調子で食べつづけるなら、あなたがたは今後どうやって食糧を調達するかを考えなければならない。二個の卵がこれから孵化するとなれば、なおさらです」

「わたしが心配するのは、きみを予定より少し長くこの地にとどめることになるんじゃないかということだ」ローレンスは、話を持ち掛けることに気後れを感じながら言った。どんなに有効な手段だとしても、グランビーを巻きこむのは気が進まない。

ローレンスは、未知の海峡に艦を進め、浅瀬と風下の海岸にはさまれているような気分だった。マッカーサーの策略は、高潔さに欠けるという点においてはブライのそれと大差がない。いや、もしかしたらそれ以上かもしれない。簡明直截である点には引きつけられるものがあり、マッカーサーの人としての魅力は、ブライをはるかに上まわっているのだが……。しかし、どちらにも共通するのは、辺境での争いを超えたところにある、いまや世界に拡がりつつある巨大な戦いのほうに目を向けようとしないことだった。彼らがその巨大な戦いについて考えているようすはない。彼らはローレンスを願ってもない助っ人と考え、どんな契約でも喜んで結ぶかもしれないが、テメレアをこの世界の片隅で浪費していく愚かしさに気づいているようには見えなかった。

そうなると、サルカイの提案にふたたび目が向いた。顔に吹きつける海風と広い海原がなつかしかった。たとえ気をまぎらわすためだとしても、役立たずでいるよりは、なにかしていたほうが慰めになる。傭兵としての人生にはいくぶんためらいを感じたが、だからと言って自分の、そしてテメレアの将来の可能性をつぶしていいとは思えなかった。私掠船の仕事に栄誉はないかもしれないが、それはこの地にとどまっても同じだろう。よくて中立的立場の監督のもとで使い走りをする。悪ければ、利己的な諍いの駒として使われる。

しかし、マッカーサーの提案は、そのような選択肢から、一時的にせよ、逃避を与えてくれた。長くつづかなくてもいいではないか。ローレンスはこのささやかな恵みに感謝したい気持ちになった。「でも、きみに押しつけようとはまったく思わない」と、グランビーに言った。「きみの意に沿わないことをする必要はないし、それに――」

急ぐ必要はない、と言おうとした。が、グランビーがそれより先に言った。「いいですね、明朝いちばんで取りかかりましょう」やたらと気合いが入っていた。「毎日死ぬほどびくびくしてたんです。目覚めてみたら、イスキエルカに連れられて百マイルも奥地に入っているんじゃないかって。あの子が象をさがしに行こうとうるさいのなんの。だけど、ランキンが承諾しなかったら、どうしたものかな。イスキエルカに関してはいいんです。ぼくは公式の命令によってここにいるわけじゃありませんから。でも、ランキンは海軍省から派遣されてきた。ぼくが彼の上官に当たるかどうかも微妙です。ランキンは何年かドラゴンに騎乗していなかったけれど、キャプテンに先に昇進したのは彼のほうですから」

「案ずるより産むが易し、ですね」と、サルカイが言った。

ローレンスが驚いたことに、ランキンはこの計画にも、グランビーによる序列の提案にも異を唱えなかった。サルカイは肩をすくめて言った。「ランキンがブライに近づいたのは、あなたから担い手として否定されるのではないかと危ぶんだからでした。だがいまやブライに関わったところで、得るもの少なく、危険は大きい。撤退するのに好都合な言い訳ができて、ランキンはかえって喜んでいますよ。ましてや、グランビーはすぐに出発すると言い出すし、序列の優位は自分に戻ってきたわけですからね」

最悪の事態を避けられるという点を除けば、ローレンスにとって、この遠征はけっして喜ばしいものではなかった。流刑者の集団を引き連れていくのだから、心が躍ることもない。そのうえ、小さな野営地よりも狭い場所でランキンと寝起きを共にするのは、なにかの罰であるかのように思われた。これまでの侮辱であいた傷口にさらに塩をすりこむように、ランキンが同行する飛行士たちの敵意を煽る可能性もある。

「どいつもこいつもぼんくらですが、少なくともひとりは士官を入れたほうがいいですね」グランビーがそう言って、ナプキンの裏に飛行士たちの名前を乱雑に書き出した。

テメレアとイスキエルカの当座のクルーとして誰を選ぶかについて、アリージャンス号の船室で話し合っているところなのだ。ローレンスは階級といっしょに部下たちも奪われていたし、イスキエルカはテメレアたちを追いかけて許可なく英国を飛び出したとき、その背にグランビーしか乗せていなかった。「あなたのほうにフォーシングを入れてはどうですか?」

「テメレアが彼をちょっと嫌っている……わたしの見たところだが」ローレンスは言った。

「ぼくも気づいてました」グランビーが言った。「フォーシングにチャンスを与えて、テメレアと和解させたいんです。でないと、フォーシングを担い手候補として卵の前に立たせるとき、テメレアを説得しなくちゃなりません。面倒な仕事になります。フォーシングも充分なぼんくらですが、ほかも英国航空隊の落ちこぼれ。卵と同じです。ブリンカンは、ハーネスをきちんと扱える部下を何名か集めることができれば、喜んで行くでしょう。彼を加えてもいいですよ、こんなことがしょっちゅうってのはいやですけど」

ローレンスはうなずいた。「もちろん、フェローズとドーセットも入れよう。エミリーとディメーンがほかのクルーをなんとか補ってくれると期待したい。だが、必要以上に人を増やすべきではないな。ドラゴンの荷を増やすことになる」

「できるなら」と、サルカイが言った。「わたしも仲間に加えてください、もちろん、不都合でなければ」

ローレンスとグランビーは驚いて彼を見た。一拍置いて、ローレンスは言った。

「もちろんだ、きみさえよければ」なぜだと問いたくなる気持ちをどうにか抑えこんだ。

しかし、グランビーはちがった。「いやあ、驚いた。なんでまた? 堅い岩盤につるはしを振るって道を築くような仕事ですよ。一か月も、夏の酷暑のなかで過ごすことになる。人っ子ひとりいやしません。先住民はいるかもしれないけど、三頭のドラゴンを帯同してたら、まず出てこないでしょうね」

サルカイはしばらく押し黙り、やがて静かに言った。「まずは、上空から調査するのがいいでしょう。使えそうなルートを見つけられるかもしれません」

「それが見つかれば、ぼくたちがわざわざ道をつくらなくてもすむな」グランビーが言った。

「一般の使用に適した道が見つかることはまずないでしょう」サルカイが言った。

「せいぜい、けもの道です」

「しかし――」ローレンスは、はっと口をつぐんだ。グランビーも同じことに気づいたらしく、口をあけたまま固まった。そう、この遠征にとって、サルカイの卓越した視力に勝る貢献はない。彼なら、けもの道だろうが見逃すことはないだろう。

「おお、ぜひ参加してください――あなたさえよければ」グランビーがおずおずと言い、一瞬の間をおいて、ローレンスのほうを見た。

「わたしたちはきみが来てくれることをうれしく思う」ローレンスは一礼して言った。

そしてしばらくあと、自分の胸に残った困惑をテメレアにこっそりと打ち明けた。

「サルカイは密輸団をさがそうとしてるんじゃない？」テメレアはあっさりと答えた。

その朝、マッカーサーから早くも新たな羊の贈り物が届き、いまは干しぶどうと穀物を詰めて調理された羊をむしゃむしゃと食べている。

ローレンスはテメレアをまじまじと見つめた。

テメレアは肉をごくりと呑みこんで言った。「秘密の道があって、誰かがそれを知っていても、内緒(ないしょ)にしてるんだ。隠さなくちゃならない理由は、密輸だろうね。中国からこの街にいろんなものが流れこんでいるって、あなたから聞いたばかりだ」

「港町に密輸品を運びこむなんて、かなり特殊なやり方だな」ローレンスは半信半疑だったが、サルカイがメイデンの要請で東インド会社の取締役会と仕事の契約を結んだという話を思い出した。彼が密輸団をさがす仕事を請け負っていたとしてもおかしくはない。もちろん、彼が遠征に同行する理由がすべてそれだとは思えないのだが……。

「でも、密輸団を捕まえたいなら、誰だって、船と港町を捜索するでしょ」テメレアが言った。ローレンスはしばし考えこんだ。なるほど、非正規の品々を英国に輸送するのに、それは理想的なやり方だ。怪しまれない市場に密輸品をまぎれこませ、正規の船長に堂々とそれを買わせて、英国まで運ばせればよい。

「そうか、どこか適当な入り江で荷をおろし、内陸のどこかに運ぶわけか」ローレンスは言った。「そこから陸路で、港町に持ちこむ。しかし、なんとも遠回りだな——なにが出るかわからない危険な地域を抜けて」

「ぜんぜん危険じゃないよ。カンガルーしかいないような土地なんだから」テメレアがうんざりしたように言った。

グランビーの強い希望で、出発は翌朝になった。英国航空隊持ち前の迅速かつ荒っぽい荷積み作業で、準備はまたたく間に終了した。今回の旅に、重装備は必要なかった。積み荷の大半は、爆弾と火薬ではなく、つるはしと大槌とシャベル、寝起きすることになる数張りの小さなテントが占めていた。季節は夏だが、はるか遠くに見える山々は豊かな緑をいだいている。充分な水が確保できると予測し、大量の飲料水を運ぶのはやめた。あとは乾パンの大袋が数個と、塩漬け豚肉の樽もいくつか積んだ。

労働者も早急に手配された。任務終了後に解放することを条件に、数十名の囚人が集められた。彼らを高台まで歩かせ、テメレアの腹側ネットに乗せるだけで、ひと苦労だった。なんとも不穏な空気漂う男たちだった。多くは痩せていて、皮膚には細かなしわが刻まれている。多くの者に共通するのは、鼻先の毛細血管が破れて赤くなり、目も血走っていることだ。日々の苦労と慰めに走りやすい性向がそれをつくったにちがいない。

それよりは労働作業に向きそうな男たちもいた。ジョーナス・グリーンは、彼自身が岩から削り出されたかのように、筋骨隆々とした体つきで、とくに肩と腕がたくましかった。囚人たちが高台にのぼってきたとき、酔っていないのは彼ひとりだった。

また、ロバート・メイナードは、たくましいと言うより〝でぶ〟と呼ぶのに近いが、そうなったのは酒のせいだとこの男に面と向かって言える者はいないだろう。しかし噂によれば石工としての腕前はかなりのもので、大きな手には鉄のように硬い大きなたこができていた。

「彼を甘く見ないほうがいいですよ」マッカーサーが労働者の名簿を手渡すときに言った。「メイナードは掏摸(すり)をやって、ここに流されてきたんです。荒野に出れば害のないやつですが、帰り道では財布をしっかり身に付けておくようお勧めします」

ほとんどの男たちが少し酔っていたのだが、まだ暗い早朝に高台のてっぺんまで歩かされ、そこにドラゴンを見つけると、急に怖じ気づき、テメレアが首をぐるりとめぐらしただけで、ただちに引き返そうとした。

「こりゃあ人間にやらせることじゃねえ！」声の甲高い体の小さな男が言った。その男、ジャック・テリーは、哀しげな目と失望の張りついた顔、子どものような背恰好からはおよそ想像できないような怒りをほとばしらせた。「おれは毎日毎晩、つるはしを振るってきた。これからもそうする。だがな、お願いしますのひと言もなく、ドラゴンの腹に詰めこまれるのはまっぴらだ」

周囲から起こった賛同の声はどんな理屈もはねつけ、結局のところ、それに勝てるのはたっぷりのラム酒とおだてしかなく、これで男たちは程度の差こそあれ、麻痺状態になった。ドラゴンで家畜を輸送するときとたいして変わりないことに気づき、ローレンスは、この先に待ち受けるものに覚悟を固めた。

こうして、男たちはどうにか搭乗した。グリーンだけが差し出されたグラスに首を振り、この賄賂を拒んだ。彼は先頃アリージャンス号で送りこまれてきた流刑者で、たとえドラゴンに食われても構わないという毅然とした態度でテメレアによじのぼった。

テメレアに険悪な眼で見おろされながら荷積みの監督と点検を行っていたフォーシングが言った。「準備が整いました、ミスタ・ローレンス」いささかぎこちなくはあったが、不作法なところはない。グランビーがいくつか注意を与えたにちがいない、とローレンスは思った。おそらくは、卵を監督するドラゴンを苛立たせるような行為が彼の飛行士としての昇進にどう影響するかを、教え諭したのだろう。

「卵は安全だろうね？」テメレアが、二個の卵をおさめた腹側ネットに鼻先を近づけた。ライリーが見張ってくれるとしても、卵をあとに残していくのはぜったいにいやだと、テメレアは抵抗した。

「だめだよ。だって、ブライがまだ艦にいるんだから」テメレアは、卵を残していけない理由にブライの名をあげた。「一個でも卵が孵ったら、ブライがなにをするかわかったもんじゃない。あいつが卵から孵った子を自分のものにしようとたくらんでいたって、ぜんぜん驚かないよ。だって、ランキンは結局、あいつの望みをかなえてやらなかったわけだから。ふつうなら、こんなに心配しないけど、長い航海が卵に悪影響を与えたんじゃないかって思うんだ。カエサルもきっと悪影響を受けたんだ。ま、ぼくの意見だけどね」カエサルのことをまったく認めていないという態度で締めくくった。

「とくに、小さい卵はきちんとして」と、テメレアは付け足した。「滑り落ちるなんてことがあっちゃ、ぜったいいやだからね」

「ネットはしっかり固定できている。これなら詰め物も動かない」ローレンスはそう言って、ネットを構成する太綱を一本つかみ、体重をかけて引っ張った。びくともしなかった。「気温についても心配ない。さて、きみも試してごらん」

テメレアが後ろ足立ちになり、体を揺すった。が、卵を気遣っていつもほど勢いよくではなかったが、なにかがこぼれ落ちたりゆるんだりすることがないのを確かめるにはそれで充分だった。「準備万端異常なし！」

「きみの準備がすんだなら」と、イスキエルカが言った。「あたしたち、そろそろ出発してもいいんじゃない？　もうこんなとこで、何時間もぐずぐずしていたくない」

「〝あたしたち〟とは言ってほしくないな」と、テメレアがすまして言った。「ぼくには荷物を運ぶ役目があるんだ、役立たずじゃないからね。そして、きみは卵の面倒を見る気がないようだから、ぼくが見ることにするよ」

イスキエルカは運搬の仕事には向かないドラゴンだった。棘状の突起がほぼ四六時中、蒸気を噴き出しているので、訓練された兵士でないと搭乗は危険だし、荷物も油紙で包んでおく必要があった。そんなわけなので、積み荷は最小限にとどめ、乗るのはグランビーと当座必要とされるクルーだけに絞られていた。

「なんで、そんなに急ぐのか、わかんないな」とカエサルが言い、イスキエルカとは反対側のテメレアの隣に来た。カエサルは、生まれたばかりの竜がみなそうであるように、食べることと眠ること以外にほとんどなにもしない。そして、イスキエルカとはちがって、退屈することもない。イスキエルカにとって、退屈は差し迫る危険と同じだった。カエサルはさらに言った。「明日でもいいじゃないか。暑くなくなったらで」

「それにはね」と、テメレアが言った。「三か月かかる。さあ、文句言ってないで、出発しよう」

この先に待ち受ける困難や単調な時間を恐れる気持ちはあったとしても、ローレンスの胸にはテメレアに騎乗する喜びが込みあげた。搭乗ハーネスのカラビナをカチリと装着する慣れ親しんだ感覚。カラビナは安全にハーネスの輪が固定され、背後でクルーたちが乗りこんでくる気配がした。そしてついに、テメレアは弾けるバネのように跳躍した。吹きつける熱風を翼で受けて、果てしない青い空に迎えられ、眼下にはきらめく海面が広がった。

アリージャンス号とシドニーの街が、魅惑的な一幅の絵のように小さくなった。ほこりっぽい道は空から見ると黄金のリボンのようだ。街の境界を越えると、耕地と果樹園が波打つ地上にいくつもの矩形を描き、果てしない絨緞のように広がった。ドラゴンたちの影が、影絵のように地上に落ちている。丘陵地帯の上空を飛びつづけると、やがてはるか遠く、青い靄のなかに、山脈が姿をあらわした。

5　水を求めて

気分はゆっくりと高まっていった。入植者の拓(ひら)いた土地が見えなくなると、あとは未墾(みこん)の荒野と古木の森ばかりになった。森におり立ったなら、ユーカリの木々の放つ奇妙に刺激的な香りを嗅(か)ぐことができただろう。狩人(かりうど)の道が木立のなかに呑みこまれ、やがてひと筋も見えなくなった。

一行はネピアン川を越え、ゆるいカーブを描く名もなき支流を遡(さかのぼ)り、西の山岳地帯を目指した。その支流が尽きるところに山々を通り抜ける道が見つかることを期待した。しかし、道は見つからず、日々、新たな断崖が目の前に立ちはだかった。小石と砕けた巨岩が堆積(たいせき)する斜面をのぼると、その先に、ざらざらした砂岩の鮮やかな黄色とくすんだ灰色が交互に層を成し、ほぼ垂直に切り立つ絶壁があった。

あたり一帯が、峡谷がつくりだす巨大迷路も同然だった。日の出は遅く、日の入りは早い。太陽はそそり立つ岩壁の向こうに沈んだ。長くとどまる濃い影と、川沿いのひんやりした空気を、誰もが最初こそ喜んだ。しかし何日かたち、またも断崖から退却し、別の支流を試し、またも同じように新たな断崖にたどり着いたとき、ローレンスの胸に不安がひたひたと押し寄せてきた。シドニーから山岳地帯の入口まで、およそ四十マイル。しかし道をさがして横移動(トラバース)するうちに、いつしかその距離の十倍は飛んでいた。それもただ行ったり来たりを繰り返しているような気がしてならない。

そこには文明がないどころか、人の営みすべてがなかった。そもそも人間が住めるような土地ではないのだ。空(あ)いているのではなく、捨てられている。一度だけ、ある夜、遠くに火が燃えるのを見た。もし先住民なら道案内をしてくれるかもしれないと期待し、翌朝、徒歩で周辺を調べたが、厚い茂みのなかには、山に分け入る以前なら見たような野営のあとすらも発見できなかった。

そこから一日で飛べる圏内のどこかに人間がいないかどうか上空からも調べた。だが、サルカイの並はずれた視力をもってしても、そんな形跡は見つからなかった。ただし、岩の表面にときどき人工的な印が——淡い黄土色か赤色の人間の手形が見つかった。どれも古くて、風化していた。かなりの歳月がたっているのだろう。それらが伝えるのは、遠い昔にその周辺を縄張りにしていた誰かがいたということでしかない。

「死に絶えたか――ペストか、梅毒で」と、オディーが言った。ローレンスがサルカイと同じように下界に目を凝らしたあとで、なぜこの土地は捨てられてしまったのだろうとまさに考えているときだった。オディーは年配の流刑者で、頭は白髪交じり、苦労の多い何年かで酒浸りになっていたが、もともとは高い教育を受けていた。「疫病に襲われたんですよ。わたしどもがここへ来てすぐだった。シドニーの街に死体が転がっていた。港に流れつく死体もあった。あちこちに白い墓標があった。死体を燃やす火は、うつろに長く燃えつづけた。その火が消えても、呪いだけは消えることなくとどまっておりますな」

オディーはアイルランド人で、以前は法律家だったが、一七九八年の〝アイルランド反乱〟に加担して捕まった。この遠征は彼にとって、十年前にこの植民地に連れてこられて以来はじめての、そしておそらくは唯一の、自由を得るチャンスになるはずだった。植民地での十年間はラム酒に溺れて過ごしたが、持ち前の気骨も、いささかはた迷惑な詩才も、完全に奪われてはいなかった。

ただし、ここは詩才を発揮するには不向きな場所だ。オディーの話は嘘ではないが、かなり誇張されていた。ローレンスは、シドニーで幾度か、この大陸の先住民であるアボリジニたちを見ていた。彼らは街を歩いたりカヌーを漕いだりしていたが、入植者たちの生活に加わるでもなく反目するでもなく、まったく無関心であるように見えた。

しかも、その数はごくわずかだった。だが崖に印された手形は、かつてこの大地に、こんな辺鄙な場所にまで分け入ってくるほど大勢の人が暮らしていたことを示している。しかも、人がやってきたのは一度きりではなく、古い手形の上にさらに新しい手形が重ねられていた。にもかかわらず。いまやここには人っ子ひとりいない。一行がもとの谷へ引き返すころ、夕闇に呑みこまれる手形には孤独と侘しさが漂っていた。それは主張であり、記録であり、一行が通り抜けることを拒む山々の無言の警告のようでもあった。

いつしか不安が隊全体に拡がっていた。静けさすらも無言の非難のように思われた。テメレアもそれに感化されなかったわけではない。「なぜ道がまだ見つからないんだろう？ ぜんぜんわからないな。空に舞いあがって全体を見ると、あっちの谷とこっちの谷が、木々で隠されていても、出合ってるように見える。でも、ふたたびおりてみると、突然、また方向を間違えてるって気づくか、谷と谷がぜんぜん出合ってないってわかる。巨大な岩や石の固まりが待ってるだけで、みんな同じだ。まったく好きじゃないよ、こんなところ。こんなにしょっちゅう方向を間違えるなんて、おかしなことだよ」

大きな獲物は少なく、ドラゴンは見つけた獲物を選り好みせずに食べなければならなかった。カエサルは食事の量が減ったことにひっきりなしに不平を言ったが、そのうち全体の重苦しさを感じとり、こんなところからは出ていきたいと言い出した。

「ここにいたって、いいことなんかなにもない。牛だって、こんなところに来たがるもんか。街の近くに土地をもらったほうがいいよ。そこなら、日当たりもいいし、快適だ。すごく暖かくて、いい感じだよ。でも、ここはだめだ。木がありすぎて、なんにも見えない」

水を調達するために、毎日かなりの時間を割いた。まだ確実なルートが見つからないせいでもあるのだが、前日に野営を張った川のそばまで引き返すこともあった。ところが、調査開始から五日目、一行をさらなる混乱に陥れる事態が起きた。

空から見おろしたところ、ふたつの渓谷がつながっているという予想が立ち、渓谷どうしをつなぐと思われる、一列縦隊ならかろうじて人が通り抜けられそうな小道が見つかったのだ。「ぼくなら、喜んでこの小道を行きますね」グランビーが言った。「先で広くなるかもしれませんよ。それにもしかしたら、ひとつ見つかったんだから、反対方向をさがしたら、別の道が見つかるかもしれません」

「重要なことを言わせてもらうなら、われわれがこの道の先を調べているあいだに、あの連中を働かせることだ。一時間も無駄にはできない」ランキンが、粗末な間に合わせのテントの周囲でまだ目覚めきらずにたむろしている囚人の一団を、肩越しに冷ややかに見つめて言った。「これまでのところ、彼らの関心を占めているのはラム酒と怠惰に溺れることだけだ。あんな連中を不安と珍奇な妄想にふけるままにさせておいたら、どんな災いが起きるか知れたものじゃない」

珍奇な妄想がはびこっているのは、囚人たちのあいだだけではなかった。「どうかキャプテン」と、つねにローレンスと行動をともにしてきた、頑固一徹で分別もある男、地上クルーの長を務めるフェローズが言った。「どうかこちらの小道を行かれるときは充分にご注意を。いや、理由もなく、そうめったなことは起こらないとは思うのですが」

「あまり賛成しないな」テメレアが言った。「ぼくがこの小道をもっと広げることもできるんじゃない？　〝神の風〟は岩を砕くのにも使えるよ」

「そして、絶壁の半分がわれわれの頭上に崩れ落ちる、間違いなく」ランキンが横から言った。

「あなたの頭上に落ちるんなら、誰も気にしないと思うけど」テメレアはむっとして返したが、指摘の正しさは認めて〝神の風〟を試みるのはやめた。もろい砂岩の表面は革手袋の手で強くこするだけでぼろぼろと崩れ、樹上にそびえ立つ岩山のいたるところに小さな崖崩れや地滑りの跡があった。

峡谷の小道は平らではなく、足もとは不安定だった。新しい草や下生えが地面を固めていないところでは、小石や岩のかけらがぼろぼろと崩れた。それでも草はふくらはぎぐらいの高さまで伸びているので、峡谷の底が見えにくくなり、歩行をさらにむずかしくした。一列縦隊でしか進めず、岩山は両側に天を突くようにそびえ立っている。上を見やれば、両側の岩壁によって切り取られた帯状の空のまぶしさに、目を細めずにはいられなかった。ローレンスは、岩壁が両側から自分のほうに倒れかかってくるような錯覚を覚えた。

狭い空間に吹きこむ風は、岩の鋭いふちや裂け目を通るとき、笛のような甲高い音をたてた。しばらくはのぼり坂がつづいたが、下りになったとたん、ローレンスは足を滑らせ、小石を巻きこみながら、仰向けになったまま、ずるずると道を滑り落ちた。砂が服の内側まで入りこんできた。なんとか両手を突いて滑落を止めようとしたが、手首の深さまで小石に埋まっても、まだ完全には止まらなかった。

どうにか滑落の勢いがおさまったところで、転がり落ちた小石が散乱するなか、仰向けになったまま、かすかな眩暈（めまい）とともに、自分の目がとらえたものにはっとした。絶壁の途中に、これまでは見えなかった岩棚が突き出していた。地上から人間数人分の高さだろうか、ときどき見るあの印――黄土色の人間の手形があり、消えかけてはいるが、なにかの絵も描かれていた。非常に狭く急勾配な通路らしきものがそこまでつづいているが、相当に鍛錬を積んだ登山家でなければ、手形のあるところまではたどり着けないだろう。

ローレンスはもがきながら立ちあがり、今度は前方に目をやって、もはやこれ以上進めないのを知った。またしても渓谷のどん詰まりに来てしまい、通り抜けるのは不可能だとわかった。ゆるい湾曲線を描く絶壁に囲まれて、そこには草むした小さな平地があった。葉に棘のある蔦のような植物とわずかな若木が、ほぼ水平に絶壁の裂け目から突き出していた。こちらも、はるか高いところに、人けのない見張り台のような岩棚があった。

グランビーが、ローレンスよりも制御のきいた滑り方で斜面を下ってきたが、すぐに行き止まりに気づき、言葉を失った。数個の小石が彼の少し先まで転がり、カタカタと音をたて、やがてそれも止まり、完璧な静けさが訪れた。すべての音が、平地を円く取り囲む絶壁と、崩れやすい小石の堆積から成る斜面によって阻まれている。

「またしても、勇み足の失敗か」背後の斜面の頂上で、ランキンが苛立った声をあげて静けさを破ったが、それでも、この場所の持つ奇妙な力、まるで大聖堂の内部のような静謐な結界を破ることはできなかった。ランキンもなにかを感じたらしく、自分の発した声が空間のなかに呑みこまれ、こだますることもなく消え去ると、それっきりなにも話さなくなった。

この平地から出ていくのは、入るときほど容易ではなかった。最初になんとか成功したグランビーが手のひらをすりむいていたので、ランキンは勾配をのぼりきる手前まで来ると、側壁に手をかけて体を支え、もう片方の手をいたしかたなくローレンスに伸ばし、ローレンスが勾配から抜け出すのを助けた。
ランキン自身は不安定な地面の上でもしっかりとバランスを保っていた。彼が生まれついての飛行士であることを、ローレンスは認めるしかなかった。ランキンの訓練は、多くの者が航空隊に入隊する七歳という年齢ではなく、揺りかごのなかにいたときからはじまっていたのだろう。

三人は狭い小道を陰鬱な気分で歩いた。不快と落胆とでひと言も口をきかず、帰り道はいっそう暑く、長く感じられた。太陽はすでに頭上高くにあった。ローレンスは疲れきり、汗みずくになって、ようやくドラゴンたちが待っている地点までたどり着いた。「だめだった」頭をもたげたテメレアに短く報告した。「道はない。また川まで戻るしかないな」

「呪われた土地だ」ジャック・テリーが、苦々しげに大きな声を出した。ブリンカン空尉が搭乗のための整列を促すという空しい努力をしているさなか、ほかの囚人たちからも落胆のうめきと不服の声があがった。「だいたい、なんで山んなかに道が必要なんだ。理由がわからねえ。からからに干からびて十年後に発見されねえように、いますぐ街に戻ったほうがいい。だいたい、朝からなにも飲んじゃいねえのに」

「そこまでだ、ミスタ・テリー。一杯やるのは、川に戻って野営を張る仕事をしてからだな。もちろん、きみが仮病の発作を使わなければの話だが」フォーシング空尉がそう言い、まだ顔に帽子をのせて眠っているメイナードとホブ・ウェセックスを小枝でひと突きして起こした。そのあとは、木陰で丸まっているジョーナス・グリーンに近づき、同じように小枝で突いた。が、誰よりも頼りにしてきた男が動こうとせず、ただうめきをあげた。さらにもうひと突きしたあと、フォーシングはローレンスを振り返り、低い声で言った。「あの、わたしの見たところ――」

空き地の反対側で、すでに搭乗ベルトを装着していたランキンがカエサルから目を逸らし、グリーンのほうを見やった。「なにをしている。そいつを早く立たせろ」

フォーシングがためらった。そのころには、男たちの目がそこに集まっていた。グリーンはまだ動こうとしなかった。「彼は酔っているのではありません」フォーシングが言った。

ローレンスは近づいて、グリーンを見おろした。体を丸め、服に大きな黒い染みをつくるほど全身に汗をかいている。何人かで仰向けにすると、片手が大きく腫れて出血していた。そして、血に染まった箇所のまんなかに小さな黒い穴がふたつ。鋭利な牙かなにかが刺さった痕にちがいなかった。

竜医ではあるが、その場にいるなかではいちばん医者に近いドーセットが呼ばれた。彼は首を振って言った。「おそらく、蛇でしょう。あるいは蜘蛛か。特定するのはむずかしいですね」

「どんな対処をすべきだろうか」ローレンスは尋ねた。

「詳しく経過を記録しておきましょう」ドーセットが言った。「世界のこの地域に猛毒を持つ生物が何種類かいることが、すでに報告されています。これは、ロンドン王立協会が非常に興味を示しそうな事例ですね」

「わかった。だがまずは、たったいま、この哀れな男になにがしてやれるかだ」グランビーが声を荒らげた。

「ええと。これから腕を縛ります。もう毒はまわっているでしょうが」ドーセットはこともなげに言い、グリーンの脈をとった。「死なずにすむかもしれませんよ。毒の程度と、彼の生まれ持った抵抗力しだいですね」

「水を飲ませてはどうですか」と、サルカイがドーセットよりは親身な同情を示して言った。しかし、グリーンは触れられるとうめきをあげて譫言（うわごと）をつぶやき、水を飲ませてもすぐに吐いてしまった。そこでしかたなく、みなでその体を吊りあげて、テメレアの腹側ネットにおさめた。

グリーンはみなから尊敬されていたので、彼の体調を気遣って、うるさかった不平の声はいったんやんだ。しかし、全員が乗りこむと、ふたたび低いひそひそ話がはじまった。自分たちを取り囲むこの土地の敵意が、また新しいかたちであらわれたのだと、誰もが感じていた。

この騒動に気をとられていたせいなのか、あるいは疲労のせいなのか、一行はどこかで方向を見誤った。一時間飛行しても、前に野営した場所も川も見つからなかった。水の流れる音は聞こえてくるが、渓谷では音が反響して遠くの音が近くに聞こえることもある。上空から見おろしても、緑は奥まで見通せないほど深く茂り、断崖の平らな頂上と樹木の密生が交互に繰り返されているばかりだった。

たまらない暑さだった。そして突然、なんの警告もなく、カエサルが地上におりた。いきなり疲れが出たようだ。カエサルは舞いおりた空き地の片隅にある小さな日陰に入り、騒がしく声をあげるでも不平を言うでもなく、ただ体を丸めて目を閉じた。呼吸が荒かった。ランキンがカエサルの背からおりて、その頭のかたわらに立ち、眉（まゆ）を潜めた。

竜医のドーセットがテメレアの背からおりて、診察をはじめた。彼はカエサルの口と鼻腔（びこう）をのぞき、眼鏡（めがね）を上に押しあげて再度のぞき、立ちあがってから言った。「重篤（じゅうとく）な状態ではありませんが、発熱しています。水が足りていないんでしょう。成長期の竜は体内に水分を蓄えにくくて、欠乏に耐えられないんです」

「でもね、ここに水はないわよ。だから、ここで寝そべっていてもしょうがない」イスキエルカがそっけなく言い、鼻先でカエサルの横腹を小突いた。しかし、カエサルは動こうとせず、長く細い尾の先だけぴくりと動かした。「あたしも喉が渇いてる。ここにいたって、どうにかなるわけじゃなし」

ランキンがかりかりして言った。「キャプテン・グランビー。きみの竜をどうにかしてくれたまえ。わたしは、この暑さのなか、カエサルをふたたび飛ばせる気にはなれない。日が落ちるのを待つしかないだろう」

「いや、ぼくの竜が言ってることは正しいですよ。ここには水がないし、暗くなれば、水場は見つけにくくなる」グランビーが言った。「カエサルには休憩よりも、早急に水が必要ですね。テメレアの背に乗せてはどうでしょう？」

テメレアは冠翼をぺたりと倒し、しぶしぶのようすでローレンスに言った。「ふふん、しかたない。運んでもいいよ。でも、人間は全員おろしたほうがいいな。水場を見つけることが先決だ。水場を見つけたら、戻ってきて、全員を連れていけばいいよ。そのころには日が落ちて涼しくなっているだろうし、荷を背負うのもそんなに不快じゃなくなるからね」

ローレンスは首を横に振った。「隊を分散させないほうがいい。たやすく針路を誤ることはもう証明済みだ。上空に出れば戻り道が見つかるというのは甘い考えだったかもしれない。この十五分間で、もう三度も方向転換したような気がする。太陽は動いていないというのに」

「あたしが思うに」イスキエルカが言った。「どこもかしこも木だらけだから、こんなことになるの。燃やしちゃったら、川だってどこにあるかわかるわ、たぶん」

「四日間、炎の嵐が吹き荒れたあとにな。それでもかまわないならだ」ランキンが辛辣に返した。

しかし、この土地の樹木は容易に燃えあがるような種類のものではなかったし、倒を持つ大木だった。それらは、小さな低木ではなく、樹皮の剝がれた奇妙な幹を持つ大木だった。ローレンスは、アリージャンス号の大檣にもなりそうな木をもう何本も見ていた。テメレアの力でも、すぐには地面から引き抜けず、一本を倒したところで見通しがよくなるわけでもなかった。

結局、一行はしばらく出発を待つことにした。太陽が天頂に昇り、ぎらぎらと輝き、容赦なく照りつけた。昼はまだつづく。かすかな風のそよぎも救いにはならず、皮膚は乾いて薄紙のようになり、唇はひび割れて白くなった。

ドラゴンたちからひとまず荷をおろした。ランキンが囚人たちのほうを向き、若木と下生えを引き抜いて、カエサルの体表を覆うようにと命令した。それが日除けにもなり、植物の宿した水分のおかげで、ほんの少し涼しくなるからだ。男たちは怒りながらもランキンの命令に従ったが、そのあとすぐに、カエサルと同じ手当をもっと熱心にジョーナス・グリーンにほどこした。グリーンはいちばん影の濃い日陰に寝かされており、いまはドーセットが小さなカップで水を飲ませている。

ほかの囚人たちは仮眠をとるために木々の下に戻っていた。ランキンが、彼らを仕事に戻そうかどうか迷うように行ったり来たりしていたが、暑さには勝てず、ほどなく彼の竜とは反対側にある高いユーカリの木の根もとにすわり、目を閉じた。グリーンが時折りうめき、身じろぎした。大量の汗を掻き、目覚めても口のなかでなにかぶつぶつ言うだけで、また眠りに落ちた。

テメレアは、大きな音を出さないように気遣いながら、そっとため息を洩らした。イスキエルカとともに、森の小さな空き地に居心地悪く体を丸めている。ここにおるとき、大木の尖端でどちらも怪我をした。照りつける日差しから逃れたくても、大きな体は日陰におさまりきらない。猛暑のときは翼を開きたくなるのだが、それもかなわない。しかたなく頭を日陰に突っこみ、首を折りたたみ、体の一部を木の幹に巻きつけた。そして、みなと同じように目を閉じた。

ローレンスはテメレアの体にもたれかかるのを避けて、すぐ近くにすわり、眠りに落ちた。いや、眠りのようなものに……。気持ちがざわついて、安らかに眠ってなどいられない。錨(いかり)をおろすことなく漂流するような、世界が足もとから崩れていくような感覚にとらわれた。強い日差しがときどき、樹木の天蓋(てんがい)を貫いて、突き刺さってきた。

そしてようやく、太陽が渓谷のへりに傾くと、日陰が少しだけ増した。しかし疲労は残った。残るどころか、目覚めたとき、ローレンスは疲労がさらに増しているようにさえ感じた。ふたたび眠りに落ちないためには努力が必要だった。

昼の時間はもう終わろうとしている。かなり時間が経過したようだ。夕方の六時を回っているだろう。いや、たぶんそれよりも遅い。肉を焼く匂いがして、この匂いが自分を深い眠りの井戸から引きあげたのだと気づいた。

ディメーンが小さな焚き火で数匹のウォンバットを串焼きにしていた。けものから採った生き血はすでに小さなカップに入れて、弟のサイフォに手渡してある。

「ぼく、お腹はすいてないよ」テメレアが目を開いて言った。「でも、水が飲めたらいいな。ねえ、これからさがしにいかない？　そのあとなら、ウォンバットをひと口ぐらいなら食べてもいいな。あれ、まったく食べる価値はないけどね」

「じゃあ、自分で狩ればいい」ディメーンが、むっとして返した。「ぼくには、すごく食べる価値がある。さあ、飲み干して」最後はサイフォに言った。サイフォは生き血を飲むことにあまり積極的ではないようだ。

「生暖かいし、すごくまずい」サイフォが言った。しかし、兄からにらまれると、不運を受け入れるようにカップを傾けて残りの生き血を飲み干した。肉の匂いで目覚めた何人かの囚人が、同情ではなく、むしろ羨望のまなざしで、生き血を飲むサイフォを見つめていた。どの男たちの口も、砂浜の熱い砂のように乾ききっていた。

「あいつにもっと狩ってこさせられないかな」テリーがディメーンのほうを見やって言い、怒りのまなざしを返されて、背を向けた。

「もう一度川をさがすために、そろそろ出発しないと困ったことになりますね。ただし――」と、グランビーが言った。「いまより明るくなることはありませんが」

わずかな日の光が、急速に失われつつあった。幸いにも、完全には荷解きをせず、テメレアが休めるように荷の位置を変えただけだったので、再度荷積みをする苦労はまぬがれた。ただし、すべての荷が完璧に装着されているかどうか、ことに卵が安全であるかどうかをもう一度確認しなければならなかったし、テメレアの背に乗るようにカエサルを説得するという仕事もあった。

「どうして、あいつの上に乗らなきゃならないんだ。すごく暑いし、気持ち悪い」カエサルが不平をこぼした。もう充分に目覚めて、ふたたび暑さが気になりはじめているようだ。「おいらはここにいたほうがいいと思うんだ。きみたちで行って、水を見つけたら、ここに運んできてよ。そうしたら、また飛べる気がする」

「きみを乗せると、ぼくのほうがもっと暑いし、もっと気持ち悪くなるんだ」テメレアが言った。「だからもう、文句を言うなよ。きみを運んだって、ぼくにはいいことなんかひとつもない。まったくどうしようもないな、大喰らいで無駄にでかくなっちゃって。そんなだから、すぐに疲れるんだよ」

孵化後一週間でおよそ五倍に体重を増やしたドラゴンが言っているのだから、これはけっして公平な発言ではなかった。当然、カエサルは言い返すはずだった。しかし、イスキエルカのほうが彼よりさらに短気で、気性が荒かった。イスキエルカは、ためらうことなくカエサルの尻を目がけてシュッと細い炎を噴いた。カエサルは弾かれたように立ちあがり、前に歩き出した。

「わあ!」しっぽを焦(こ)がされ慌ててよけたテメレアは、今度はカエサルのかぎ爪から逃れるために翼を弓なりにそらした。「そんなことしたって、なんの役にも立たないぞ。ぼくにしがみつくのはやめてくれ。ぼくは山じゃないんだ。そんなふうにのぼるな」

出発が遅れ、日の名残(なごり)も尽きかけるころ、一行はふたたび空に飛び立った。渓谷の岩壁だけがわずかに光を反射させ、樹木は黒々と眼下を覆い尽くしている。針路に確信を持てないまま、消えた太陽に背を向け、渓谷に沿って東へと進んだ。こうすれば、成果がなかった場合でも、同じコースを引き返すことができる。時折り聞こえる水音がみなを悩ませた。水音が聞こえると、テメレアは頭をもたげ、冠翼をぴんと立てた。

ときどきイスキエルカが地上に近づき、小さな空き地に着地した。頭を樹木のなかに突っこんで調べたが、水が見つかりそうな気配はない。星々が空にあらわれはじめるころ、天空を見あげたローレンスは、南十字星の位置から、またいつしか針路を変えてしまったことに気づき、愕然とした。東ではなく、北西に向かっている。「テメレア」と呼びかけた。「おりよう。あそこだ、あの絶壁のふもとの空き地に」

「いったいどうした?」ランキンが不安のせいで剣呑になった口調で尋ねた。

「また道に迷ったようだ」ローレンスは言った。「同じところを飛びつづけ、竜を疲弊させるわけにはいかない。星がもっと明るくなるのを待ったほうがいいだろう」

テメレアは暑そうで、疲れきっていた。地上におりてから、ローレンスが手袋を脱いで体表に触れると、発熱しているように熱かった。翼の付け根でカーブを描く血管がふくれあがり、血をどくどくと送り出しているのがわかる。「気分が悪いわけじゃないよ。ただもう喉が渇いて」テメレアが言った。

カエサルはさらに体調が悪かった。ふたたびぐったりとして、ランキンが頭に触れても、ぴくりと反応するだけだった。水を貯蔵した缶はあと数缶しかない。テメレアがかぎ爪を使って慎重にカエサルの頭を持ちあげたところに、その数缶のわずかな残りが流しこまれた。舌と口を湿らすくらいの量しかなかったが、安堵させる効果はあったようだ。カエサルはその後、少し楽になったように体を伸ばした。

「ちょっとばかしラム酒をいただけませんかね」ジャック・テリーが哀れっぽく言った。ローレンスはしぶしぶ認め、ブリンカン空尉が小さなカップで囚人たちにラム酒を分け与えた。彼らの体調からすれば最悪の処方だが、隊の統率という面から見るなら、酒が必要とされていた。ドラゴンに対する恐怖が麻痺していくにつれ、彼らは苛立ちをつのらせた。大自然のなかで自力でやっていける見込みがどんなに薄かろうが、耐えがたい不快は囚人たちを逃亡に駆り立てる。

「地面を掘ったら、ちょっとは水が湧くかもしれませんよ」グランビーが言った。

「ここは砂漠じゃないんですから」

男たちがシャベルを持った。イスキエルカも説き伏せられて、ひと働きした。しかし、土質の透過性が高く、どうにか十フィートほど掘ったが、水は底にわずか数インチしかたまらず、すぐに消えてなくなった。穴の壁もすぐに崩れてしまいそうだった。全員が満足できるような量ではない。水をハンカチーフに滲みこませ、それぞれの口のなかに数滴絞り落とすことを何度か繰り返した。

そして、哀れなジョーナス・グリーンが少しでも楽になるように、水を絞ったハンカチーフを顔にかけてやった。それ以上はあきらめるしかなかった。結局、ひと缶の――いや、一杯のカップを満たすほどの水も得られなかった。

空には雲がかかっていたが、たまに雲間から星々が顔をのぞかせた。「最初からテメレアの希望を聞くべきだったな」ローレンスは低い声で言った。「朝になったら、テメレアから荷をおろして、分隊したほうがいい。あと一日、テメレアとイスキエルカで調査しよう。それに賭けるしかないだろう。二頭が水を確保できなければ万事休すだ」

「もし、水を見つけたとして、きみは帰り道を見失わないと、どのように請け合うつもりかな?」ランキンが言った。「もちろん、きみは請け合うだろう。その安直さが問題なのだ」

「いやあ、よく言えたもんだ」グランビーが返した。「礼儀を欠いているとしても、ローレンスの頭に浮かんだ返答より、よほど穏当だった。テメレアはカエサルを運ぶために、どれだけ力を使い果たしたと思っているのだろうか。ランキンは唇を固く結び、言い返そうとはしなかった。その代わりに、心配そうにカエサルのほうを見た。もしカエサルを失ったら、彼にはもう二度と新しい竜を担うチャンスは訪れないだろう。ドラゴンのいない状態を経験したことで、ようやくこの特権を大切にしようと思い至ったのかもしれない。

「朝になったらイスキエルカに言って、渓谷を少しのぼったところで焚き火をさせましょう」グランビーが言った。「あの化け物みたいな巨木を一本解体すれば、シドニーにいたって見えるような大きなかがり火ができますよ。それなら、帰り道を見失うことはありません。ぼくとしては」と、さらに付け加えた。「あの尾根を越えてみたいんです、渓谷に沿って針路をとるんじゃなくて。もといた場所に引き返すルートは見つからないかもしれませんが、水を発見する可能性は高いんじゃないですか？音が聞こえるだけの、あのいまいましい川じゃないかもしれませんが」

「その件に関して、口をはさむのは控える」ランキンが言った。「わたしは、きみたちが戻ってくるまで、われらが旅の友に襲われないように気をつけることにしよう。

とにかく彼らにラム酒を与えることだな」彼は立ちあがり、カエサルの頭のそばに行き、隣に横たわって眠りについた。

「がさつな言動は慎みたいところですが」グランビーがローレンスに言った。「これまでも無理でした。だから、これからも無理でしょうね」ローレンスにはグランビーの気持ちがよくわかった。軍の階級と、祖国イングランドにおける一族の権力をかさにきた男、そのうえ上官でもあるランキンと、この植民地に閉じこめられて生きる長い歳月について、憂鬱な気分で想像をめぐらした。安らぎのある、おだやかな未来に向かっているとは到底思えない。

しかし、これから先にランキンがどれほど悪意をちらつかせようが、いま目前にある状況とはなんの関係もない。午前のうちに水を見つけなければ、ドラゴンたちを死なせてしまうかもしれない。日が高く昇ってから、この酷薄な暑さのなかで救援もなく、さらに動くことになれば、ドラゴンは疲労困憊して、わずかな距離すら動けなくなるだろう。「もし明日の午前中に見つからなければ」と、ローレンスは言った。「本格的な井戸を掘るしかない。樹皮で内側を補強すれば、穴を大きくすることができるし、人がなかに入って、さらに掘ることができる」

グランビーが小さくうなずいた。今後の選択について議論の余地はなかった。

ふたりはそれぞれのドラゴンのもとに分かれて、眠ることにした。が、ローレンスに眠りは訪れなかった。昼の炎暑のあいだに否応なく長い休息をとり、眠れるほどには疲れていなかった。そこで、テメレアの顎のかたわらにすわった。竜の体が放射する熱を比較的受けにくい場所だ。夜の空気は淀んで暑かった。やがて空に月が昇った。月はベールのような薄い雲に包まれ、青みを帯びた薄灰色の暈が明るく輝いていた。鬱蒼とした緑の森に囲まれていることが、ローレンスにはひどく奇妙に思えた。両手の下にある地面はやわらかくしっとりしている。にもかかわらず、絶望的に喉が渇いているのはどういうことなのか。この近くに、豊富な水があることは間違いないというのに……。まるで仕組まれた責め苦のようだ。ローレンスは迷信のたぐいを信じるのを好まなかったし、いまもその方針を改めるつもりはない。しかし、自分たちがこの土地にどれほど適合できないか、どれほど理解を欠き、居場所を欠いているか、それに気づかされるのは、なにか大きな力が働いた自然のなりゆきであるようにも思われた。

「噂だがな」と、ジャック・テリーが低い声で仲間に話している声が聞こえてくる。

「はるか中国まで行けるらしいぞ、山の向こう側に出ればな。商船の仕事に就いて、その気があるなら、イングランドに戻ることもできる。ここから出て、また戻ってきた男と一年前に話したことがあるんだ」

「興味深い話だ。そうは思われませんか?」サルカイが、ローレンスのかたわらに来て言った。

「あの手の話を以前にも?」ローレンスは尋ねた。

サルカイがうなずく。「港ではよく聞く話です。それらしい交易品が実際に入ってくるのですから、なおさら噂は広まります。ただし、誰もがあれは広東(カントン)から来たものではなく、マルコ・ポーロが記した桃源郷(ザナドゥ)から来たのではないかと想像をめぐらしています」

囚人たちの多くがジョーナス・グリーンの今後について悲観的な予測をしていたが、それでも交替で口にハンカチーフの水を絞ったり、うちわであおいでやったりした。

「彼はかならず死ぬ。死に逝(ゆ)く者は、われわれのなかで彼が最後ではないだろう。きみたちも、それを覚悟したほうがいい」オディーが囚人仲間に言い、ひたいの汗をぬぐった。

ローレンスはついに地面に仰向けになり、手足を伸ばした。体が眠りを欲しているわけではないが、任務遂行のために眠らなければならない。頭上には黒々とした葉むらがあった。空は漆黒ではなく、雲に隠れた月が空全体を一面の藍に染めあげていた。静寂も熱気もあいかわらずだ。ローレンスは少しだけ眠りに落ちたような気がした。が、目をあけたとき、時間が経過したという感覚はまるでなかった。奇妙な低いうめきが聞こえた。最初はジョーナス・グリーンのうめきではないかと思ったが、そうではなかった。それは歌だった。遠いところで、誰かが歌っている。ローレンスはしばらく横たわったままでいたが、その音が完全に意識に浸透した瞬間、跳ね起きた。ほかの何人かも、すでに半身を起こしていた。みな神経を張りつめて、耳をそばだてている。驚愕に白目を剝く者もいる。誰もが言葉を失った。太鼓の音が高く、低く、また高く、はっきりと聞こえてきた。何度も、何度も繰り返し。太鼓の音にかぶさって、乾いた葉が風に鳴るような、しかしけっして自然の音ではない音も聞こえてくる。しばらくやんだかと思うと、またもう一度、同じ繰り返しがはじまった。

「すごく変な音だ」テメレアが眠たげに目を閉じたままで言った。「いったい誰なの？　機嫌がよさそうじゃないね。もしかしたら、怒ってるんじゃないかな」

この解説は、当然ながら、耳を澄ましている囚人たちには歓迎されなかった。「気にしなくていい」と、ローレンスは、くだんの音に掻き消されず囚人たちの耳にも充分届くように声をあげて言った。「きみがいるから、あんなものは心配するうちに入らない。きみはできるかぎり休んでくれ」

テメレアはなにも言わず、ため息を洩らして、ふたたび眠りに落ちた。ローレンスは片手をテメレアの鼻にあてがうと、粗末な寝床に戻った。そして、横にいたはずのサルカイが彼の小さな荷物とともに消えているのに気づいた。

ローレンスは、囚人たちを安心させるために、ほぼそれだけのために横たわった。人間のものとは思えぬ奇妙な調べが耳に残り、まったく眠れそうにない。未知なる異界から届く未知なる者の叫び——きっとあれはほんの一部の者たちで、まだほかにも大勢いるのだろう。

囚人たちはまだ低い声でささやきつづけていたが、やがてランキンが、いかにも貴族的な母音を引き伸ばす気どった口調で言った。「そこの紳士諸君、その災いの予感なるものを、明朝まで胸にしまっておいてはいただけないものか。夜の安息と濃いコーヒーがなければ、みなさんの集団ヒステリーには耐えられそうにないのでね」
冷ややかな軽蔑が、温情ではおそらく為しえなかったことをした。これで男たちが静かになったのだ。

やがて奇妙な歌はしだいに小さくなり、乾いた大気のなかに消えた。ローレンスは肩になにかが触れるのを感じて、今度はすぐに目をあけ、半身を起こした。目の前に、水のあふれた水筒を無言で差し出すサルカイがいた。

「なんと」ローレンスは低い声で言い、まなざしで問いかけた。なぜ、きみはこの驚きの発見を隊全員を起こして告げようとしなかったのか……。

「歌っていた者たちは見つけられませんでしたが――」サルカイが言った。「彼らの通り道を見つけました。尾根の上から川が流れています。その川ふちは通れなくもありません。ごくわずかな通行の跡しかありませんが、使われていないわけでもないようです。これが、あなたの調査への答えでしょう――おそらく、わたしの調査に関しても」

「つまり、密輪団に関する調査の？」ローレンスは慎重に尋ねた。テメレアの勘が当たっていたということか。

サルカイは一拍置いてから言った。「あなたの想像は真実にかなり近いと申しあげましょう。ただし、わたしがどれほどこの結果に満足しているかは、あなたの想像をはるかに超えています」

「好きなだけ喜んでくれたまえ」ローレンスはにこりともせずに言った。「密輸団というのは、わたしが考えついたことじゃない。テメレアが頭のなかで組み立てた推論だ。しかし、きみの個人的な事柄に関して、きみに正直さを求める権利がわたしにあるのかどうかはわからない。わたしは、きみに充分な恩義を感じているから、その恩義に報いるきっかけをつくれてうれしく思う。それだけは伝えておくが、わたしに、わざわざ説明してくれる必要はないということだ」

闇のなかにきらりと白く光るものがあり、サルカイがほほえんだことがわかった。

「そんなふうに言ってくださるとはありがたい。あなたが詳しいことを知らされずに他人の目的のために力を貸すことを、どれほど好まないかは、よく知っているつもりなので」

まさしくそのとおりだった。ローレンスはうなずきたくなるのをこらえた。「しかし、これでもまだあいこじゃない。きみが沈黙をつづけたいのなら、わたしはきみを質問で悩ませるようなことはしないと約束しよう」

「秘密をかかえて悦に入るつもりはありません」サルカイは言った。「ちょっと話す場所を移しませんか？　わたしが艦上で沈黙を通していたのは、プライバシーなどという上流社会の作り事をまったく信じていないからなのです。船室は厚板で仕切られているだけで、いたるところに暇をもてあました耳がある。開かれた森のなかにいても同じです。眠ったふりをしている男たちがどれほどいることか」

6　緑の谷

「いかにもそのとおり」と、サルカイは言った。「わたしは密輸団をさがしています」

野営から少し歩いて、ふたりは木立のなかにいた。足もとの小石を鳴らさず、枝を払いのける音もたてずに、ここに近づける者はいないだろう。誰かにあとを尾けられて盗み聞きされる心配はなかった。

「東インド会社は――」と、サルカイはつづけた。「一年につき五万ポンドの損害を受けています。この状況が悪化することを、いや、著しく悪化することを、取締役たちは恐れています。これまでのところ、違法取引は全体に対して少量です。しかしそれは堅実な少量であり、やめさせることができず、徐々に増えつつある」

ローレンスはうなずいた。「そして、密輸された品々が海から港へ入ってくるわけじゃないということか」

「さらに問題なのは――」と、サルカイが言う。「それらが広東から出てくるものではないということです」ローレンスは目を見開き、サルカイを見つめた。「これで、東インド会社側の憂慮(ゆうりょ)の深さがわかっていただけるはず」

「確かなのか?」ローレンスは尋ねた。「広東港は、いまとんでもなく混雑している。船積みについては、広東を避けてほかの港を使う手段も認められていいはずだが」

「一年と少し前、密輸入が最初に見つかったとき、広東の東インド会社支店に、港を通過するすべての船をその出所まで含めて記録するようにという指示が出されました。もちろん、似たような試みは、以前からつづいていた。ただし、調査に念を入れようとしたのは、わざわざシドニーを経由させて品物を送り出すという間接的な交易のやり方に困惑させられたからなのです」

「そんな商売をやっては、間違いなく、売上げを食いつぶす」ローレンスは言った。

「東インド会社側もそう考えました」サルカイが言う。「最初は、それほど深刻な問題とは受けとめませんでした。探っていけば、六ペンスを節約するために一ポンドを使うような酔狂(すいきょう)な人間が見つかるだろう、それくらいに考えていた。要するに、関税制度や交易認可への挑戦だと見なすほどのものではないと。しかし、そのような船と積み荷が、ほとんど毎回の調査で発見された。毎回数件――」サルカイは肩をすくめて、それ以上は詳しく語らなかった。「違法な交易品の絶え間ない流れをつかむ手立てはありません。そして、それは増えつづけるばかり」

「つまり、東インド会社の取締役たちが疑っているのは、中国が広東以外に、別の港を開いているのではないか、ということ」ローレンスは言った。「どこかの国の商船に対して?」

「おそらく、公式ではないでしょう。しかし、中国のどこかの港湾都市の役人が、時折り入る外国商船にあえて目をつぶるということなら充分ありえます。たとえば、どこかの国と心情的に通じた誰かによって説得されたとなれば」

「リエンの手引きか」ローレンスは即座に返した。「リエンとナポレオンなら、売上げの利益など気にかけるはずがない——それによって英国の交易業を衰退させることができるなら」

サルカイがうなずく。「そう考えると、すべてが腑に落ちます。フランスが安価な商品をわれわれの市場に流し、東インド会社の所場を食い荒らそうとしている、と」

貿易は英国の生命線だ。貿易が商船業を維持し、水夫や船匠を育てる。貿易が国家に金銀をもたらし、同盟国に提供する資金や、ナポレオンの侵略を阻むために大陸に駐留させる軍隊を養う。「商品の価格が著しく下落すれば、為替相場にもひと波瀾起きるかもしれない」ローレンスは言った。「しかしそれにしても、いったい中国側の誰が、あえて危険を冒してまで、リエンのために働こうとするだろうか？」

リエンはかつての守り人、ヨンシン皇子の死によって中国で失墜した。ヨンシン皇子は、交易面でも政治面でも、ヨーロッパ諸国と断絶することを志向する保守的な一派の指導者だった。その一派は、門戸開放政策を胸に温めるミエンニン皇太子の暗殺をたくらんだ。だが、そのたくらみが発覚し、阻止され、結果としてヨンシン皇子はこの世を去った。そしてリエンは故国を離れ、みずからの復讐にナポレオンを利用しようと、フランスに亡命する道を選んだ。

サルカイが肩をすくめた。「天の使い種がかの国でどれほど崇められているかは、あなたもよくご存じでしょう。ヨンシン皇子の政治的一派は敗北したが、根絶されたわけではない。この数年のうちに、再編成されたと見るべきでしょうね」

「いかにもリエンのやりそうなことだね」テメレアはたっぷりと水を飲み、巻きひげを震わせて水滴を飛ばすと、侮蔑を込めて言った。「あいつとヨンシンは、中国が西洋諸国と交易するのに腹を立て、それをじゃまするために、あらゆる悪事に手を染めた。なのに、いまごろになって考えを変えて、新たな悪事をはたらこうとしてるんだ」

しばし押し黙っていたローレンスが、疑わしそうに言った。「リエンの哲学が根本的に中国の門戸開放政策と相反するものだとは、わたしには前々から思えなかった。まあ、首尾一貫性に欠けるところはあるが」

「ぼくが言いたいのはそこだよ」テメレアは言った。「あいつはなんだろうが喜んで手放すよ——ぼくらを苦しめるという目的のためならね。結局、自分の恨みつらみを晴らしたいだけなんだ。ねえ、ところで、ローレンス、不満を言いたいわけじゃないんだけど……うん、ここの水はおいしいよ、きれいだし、ひんやりしてる。でも……おなかがすいた」

ここは、サルカイが発見した小川からたどり着いた場所だった。小川に沿って三十分ほど飛ぶと、水の澄んだ広い川が姿をあらわした。川の両岸には高い針葉樹の森がつづいていた。ただし、この川は一行が求めているのとは逆方向に、つまりシドニーのある南に向かって流れている。岩だらけで、ところどころに浅瀬があり、人がなんとか歩いていけそうな川べりもある。サルカイは、この川を遡れば、どこかで山脈の向こう側に流れはじめる場所を見つけられるのではないかと言った。

確かに、川から離れないのはいい考えだ。水をたくさん飲みたくなるし、渇きは思っている以上に早くやってくる。それに、カエサルのこともある。

テメレアは、うんざりした気分でカエサルを見やった。今回も、カエサルをこの川まで運ばなければならなかった。ふた缶たっぷりの水を飲ませて、もっと冷たい新鮮な水を飲める場所があると誘いかけても、カエサルは動こうとしなかった。「まだ飛びたくないな。テメレアがおいらを乗せていってくれるよ」と、平然と言い、テメレアの背にのぼるように言われたときさえ、ため息をついた。ところが、川に着くなり、カエサルはテメレアの背からおり、誰かが止めるよりも早く、岸辺から歩いて川のなかに入った。そのせいで、水を飲んだり缶に水を汲んだりしたい者は、そこより便の悪い上流へ行くしかなくなった。

臥せっていた囚人のジョーナス・グリーンも、カエサルと同じく、快方に向かっていた。カップ一杯の水を与えられると、果敢に起きあがって言った。「死んでたまるかよ。もっとくれ!」ひどく震えていたが、立ちあがろうと努力し、ふたりの仲間に両脇から支えられ、よろめきながら岸辺まで移動した。そこですわったままどうにか全身を洗い、そのあとは汚臭を放つ服まで洗って、かたわらの平らな石の上で乾かした。

一方、カエサルは水を飲むように促されて飲み、今度は飲みすぎるなと止められ、ほかの者が水浴びするので川から出るようにと体をつつかれた。まだ小さい体なので、川の流れのなかでしばらく横たわっていただけで、見た目は充分きれいになっていた。カエサルはため息をつき、こすり洗いをせがむように——背中の上を水が流れるように、体を少し平らにした。

ランキンがすぐさま数名の囚人に、カエサルの世話を命令した。彼らはそれだけで疲れてしまうにちがいなかった。つまり、テメレアがちょっとだけ水浴びをしたくて、背中にバケツで水をかけてくれるように頼んでも、彼らは手伝うのをしぶるだろう。

テメレアはため息をついて、ディメーンとエミリーがふたりで精いっぱいやるのにまかせ、自分は水のいちばん深いところに鼻先を浸けてから頭をもたげた。こうすれば、伝い落ちる水が首筋を洗ってくれる。「卵も洗ったほうがいいね」とふたりに言った。「やわらかい布でお願いできるかな。そんなにごしごしやらなくていいよ。

殻の表面がきれいになればいいんだから」

フォーシング空尉がすぐにその仕事に加わったのに気づいて、テメレアは彼をしっかり見張った。卵に話しかけたり、よからぬ約束をさせたり、自分を売りこむようなまねをさせるわけにはいかない。「もう充分だ。きれいになったよ。もうおしまい」大きいほうの、イエロー・リーパーの卵を拭いているフォーシングに言った。彼が小さいほうの卵を扱うときは、そんなに熱心ではなかったことにも気づいていた。

「テメレア」と、サルカイが話しかけてきたのは、隊の全員がたっぷりと水を飲み、心地よい木陰で休息していたときだった。太陽は南中を過ぎていた。「きみの目で焚き火が見えないかどうか確かめてもらえないだろうか——この川沿いにずっと遠くまで」

水分を補給したいまはふたたび空に舞いあがるのも苦ではなかったので、テメレアはすぐに飛び立ち、空中停止(ホバリング)しながら上流と下流の双方に目を凝らした。川の上流は、ねじれるように曲がって新たな渓谷に入るところで見えなくなっている。見るかぎり、人の気配はまったくない。「下流も同じだよ」テメレアは、戻ってくるとそう報告した。「残念だけど、獲物もいない。カンガルーだって、歓迎しないわけじゃないんだけどなあ」

「なるほど。獲物がいないのは困る。しかし、怖がって隠れてしまったのだとすれば、希望が持てますね」サルカイはそう言うと、野営のほうに目をやった。

「きみはこの川に沿って道をつくろうと提案するが——」と、ランキンがローレンスに話していた。「この川はあちこちで蛇行している。おそらく、五十マイルのうち二十マイルは、必要のない労苦を費やすことになるだろう。それに、こんな真夏の旱魃の季節につくっても、どうせ最初の雨で流されてしまう。われわれはこの川を最後までたどってもいない」

「キャプテン・ランキン」ローレンスは、はなはだしい立腹を伝えられるぎりぎり控えめな表現を心がけた。「もしも、あなたが昨夜のうちに、これより確かな道筋を発見していたのであれば、そう聞いても、うれしく思ったことでしょう。わたしたちは道をつくることを求められており——」

「ろくでもない未開の地をあてもなくさまよい、無為に時を過ごし、あの囚人たちを連れ歩き、それがいつ終わるともしれない——われわれは、そんなことを求められているわけではないだろう」ランキンが言った。「わたしは夜の時間を使って熟考したんだ。分別のある人間なら——」と、ことさら強調して言った。「きのうの飛行から当然気づいてしかるべきだ。これらの渓谷に使える道が存在するという根拠はまったくないということに。この渓谷は、わずかな刺激にも崩れやすい。だからもし道を見つけたとしても、永続性に期待できない。われわれは、出口のない迷路をさまよいつづけているようなものだ。もっと高くのぼり、尾根づたいに、この山岳地帯を越えるルートを見つけたほうがいい」

「なるほど。牛の群れを千フィートのぼらせ、また千フィート下らせて、市場に出すわけか」グランビーが言った。「そんなルートを選ぶのは、よほどのお利口さんにちがいないな」

その日も息苦しくなるほど暑くて不快で、おまけに空腹であるため、誰もが怒りっぽくなっていた。いまこの時間にこれ以上歩くことはできず、かといってほかにすることもなく、仮眠をとるにも暑すぎた。

「水に近いところにいるほうが、苦労がなくていいと思いますがね」ジャック・テリーが臆面もなく意見をはさんだ。

「異論の余地はないと思うが」ランキンがぴしゃりと言った。「わたしが予想するに、どうせ労働時間は日に二時間、あとはだらだらと過ごし、酒に溺れるだけだ」

テメレアとしては、ここよりはるかに高所にある尾根のほうが涼しいだろうし、快適だろうと、心ひそかに思った。そこなら風に当たれるかもしれない。少なくとも、どっちに目をやっても絶壁が立ちはだかっている息苦しさからは逃れられるだろう。だが当然ながら、ランキンの意見を支持したくはなかった。彼がどんな提案をしようが、ろくでもないものに決まっている。

「わたしからの提案ですが」と、サルカイが言った。「日差しがやわらいだら、川をさらに遡り、この道筋を用いる利点について調べてみてはどうでしょう？　いますぐ、道をつくる必要はありません」

まさしく、サルカイの言うとおりだ。しかし、ランキンはサルカイに言葉を返そうとせず背を向けて無言で立ち去り、カエサルのところまで行って腰をおろした。話しかけられているのを知っていながら、うなずきさえしなかった。サルカイに不作法な点はなにひとつなかったはずだ。「ランキンはなんのつもりだよ、あんなに失礼なまねをして」ふたたび旅荷をまとめはじめたローレンスに、テメレアは言った。

「まったくだな。ランキンはサルカイの出自が気に入らないんだろう」ローレンスは川の上流を目でたどりながら、「岸辺に人の気配はあるかい？」とテメレアに尋ねた。

「もし昨夜の歌い手たちがいるなら、喜んで話しかけるんだがな。先住民なら、わたしたちがまともなルートを選んでいるかどうか、教えてくれるかもしれない」

「ううん、誰もいないよ。でも、もう一度空にあがったら、しっかり観察できるんだけど」テメレアはそう言い、遅まきながら、昨夜の奇妙な音楽のことを思い出した。あのときはものすごく眠くて不快だったので、すべてが夢のなかか、遠い世界の出来事のように思われた。「なんとも変わった歌だったね。あんな歌や言葉は一度も聞いたことがない。ところで、ランキンはどうしてサルカイの出自が気に入らないの？サルカイが竜の担い手候補で、まだ結果が出ていないっていうならともかく」

「彼の母親がネパール人なんだ」ローレンスは言った。「それも正規の結婚ではなかったようだ。ランキンは相手がどんな生まれかに重きをおく人間だから、彼にとってサルカイは劣った存在なんだろう」

テメレアは、この件に関して黙っていようとは思わなかった。グランビーも同様で、ランキンの侮辱に怒りを覚えており、テメレアは気持ちを同じくするグランビーと結託してもかまわないと思っていた。誰もが堅苦しく、よそよそしく、出発の荷物をまとめた。カエサルが大きなため息をついて、飛ぶのはいやだと言い出し、起きあがらせようとすると、頭と尾と翼をだらりと垂らして抵抗した。

竜医のドーセットがやってきて、診察をしたあとで言った。「これなら飛べますよ。ただし、重いのはよくないですね。あなたは騎乗しないほうがいいでしょう、キャプテン・ランキン」

カエサルが尻ずわりになって、言った。「乗せるよ！　おいらのキャプテンなんだから」ぐったりしたようすもどこへやらで憤慨してみせるが、ドーセットが頑強であるため、テメレアはふたたび我慢してランキンを乗せるしかなくなった。ローレンスもまったくうれしそうではない。

ローレンスが、どうしても乗せなければならないのかと小声で尋ねると、傷口に塩をすりこむように、ドーセットが言った。「ええ、もちろんです。いまの状態なら乗せられます。しかし、カエサルは最近、仮病を使うのが癖になりつつありますね。ここらで懲らしめておかなければ」

テメレアとしてはカエサルの悪癖が直る見込みがあるとは思えないので、ほかの罪のない仲間に迷惑をかけてまで罰を与えることには納得がいかなかった。だが、ローレンスは竜医に反論するのを好まない。かくしてランキンが、階級がローレンスより上の者として、客として、いちばん最後にテメレアに乗りこむことになった。

一方、サルカイは、ほかに乗れる竜もいないので、イスキエルカに乗りこんだ。テメレアはおもしろくなかった。自分の正式なクルーではないものの、いつしかサルカイを仲間と見なし、見守る責任を感じるようになっていたからだ。サルカイだって、背中が厚くてじめじめした、信用ならないイスキエルカに乗りたいとはこれっぽっちも思っていないだろう。

全員が日中に汗して働いたおかげで、太陽が絶壁の向こうに沈むころには、すぐに出発できる準備が整っていた。こうしてふたたび上空に舞いあがったが、直射日光は当たらないとしても、飛行はけっして快適ではなかった。渓谷の絶壁のあいだの狭い空間を飛ばなければならず、小麦色の枯れ草や灌木(かんぼく)に覆われた、退屈な壁面がどこまでもつづいていた。

岩場の多い川は、つねに変わらぬ奇妙な音をたてていた。とどろきというほど大きくはないが、この渓谷を包む、同じように奇妙な静けさの一部にもなりえない。耳を傾けたくなるような音ではなかった。むしろ、ほかのあらゆる雑音のなかに呑みこまれてしまえばいいのにとテメレアは思い、かろうじて聞こえる自分の羽ばたきの音に意識を傾けた。

カエサルは、自分のキャプテンを乗せられなくなったのは自業自得であるにもかかわらず、まるで誰かがランキンを狙っているかのように、彼を見守るためにうんと近くを飛ぶと言って譲らなかった。テメレアは、カエサルが翼の近くに寄りすぎるので、いつかぶつかるのではないかと心配した。一度などは、カエサルの一本のかぎ爪がテメレアの翼の付け根をかすめていった。

テメレアはほとんど眠っているような安定した飛行をつづけていたので、小さな刺激でも、ぐらりときた。はっと驚いて、また不快な状況に意識が向いた。「やめてくれ!」と、カエサルに厳しく注意した。「もうたくさんだ。かぎ爪をちゃんとしまっておけないなら、きみはもっと離れて飛べよ」戒めに、カエサルの尾をぴしゃりと叩いてやった。カエサルは羽ばたきに勢いをつけて前方に逃げたが、叱責が効いたらしく、前より少しだけ距離をあけて飛ぶようになった。

テメレアはふたたび長距離飛行の退屈さのなかに戻っていったが、途中で眼下にきらりと光るものを見つけた。「ねえ、ローレンス」ローレンスを振り返って、しばらく空中停止（ホバリング）をした。「割れた皿じゃないかと思うんだ、もし見間違いでなければ」

「皿のかけらごときに、いちいち興味を持ってどうする？」とランキンは言ったが、ローレンスはテメレアに降下するよう求めた。ほぼ同時にイスキエルカも降下をはじめたところを見ると、サルカイも同様に、その皿のかけらを重要なものと認めたのだろう。地上におりて調べてみると、それは割れてはいたが、中国製の美しい白磁の皿にちがいなかった。なんてもったいないことを、とテメレアは思った。密輸団はこういう貴重な皿をもっと注意深く扱うべきなのだ。

一行はふたたび空に飛び立ち、日差しを避けるために前より少し低く飛んだ。行く手で川が大きく湾曲し、その先にもひと連なりの渓谷がつづいていた。このぶんだと日暮れまで飛ぶことになるだろうと、テメレアは頭のなかで計算した。ところが大きな湾曲を抜けたとき、テメレアははっとして宙で停止した。後ろから来たイスキエルカとカエサルが、あわや衝突しそうになった。天の使い種（セレスチャル）でない彼らには、テメレアのような空中停止（ホバリング）はできないのだ。

「なにやってんのよ！」イスキエルカが声を荒らげ、テメレアの上にさっと移動した。が、つぎの瞬間、大満足のていで言った。「ほら、見てよ！」まるでここに来られたのはすべてあたしのおかげ、と言わんばかりだった。遡ってきた川は眼下で樹林に呑みこまれていたが、さらに前方に目をやれば、木々は少しずつまばらになり、その先に豊かな緑の野が広がっていた。大きな緑の谷にいだかれた、さして大きくはない谷底に広がる野原だった。山々に囲まれてはいるが、閉じこめられているという感じはしない。

四人たちからも、驚きと満足のつぶやきが洩れた。「こんなすばらしい農地はこれまで見たことがない」と、ローレンスはテメレアに言った。「いや、少なくとも、そんなふうに見える」

テメレアは、この山脈を越えたのは自分たちがはじめてではなかったという証拠に心を奪われていた。目の前に広がる野原には牛の小さな群れがいた。もしゃもしゃとした毛並みの牛たちが、おだやかに草を食んでいた。

「ふふん！ 牛の煮込みよりおいしいものがあるとは思えないね」テメレアが身を乗り出し、調理された肉の匂いを吸いこんだ。「少なくとも、この特別な食べものが目の前にあるときは」ゴン・スーが考え出したのは、まずテメレアの助けを借りて川の水を引きこんだ小さなくぼみを地面につくり、そこに群れのなかでもとびきり肥えた牛一頭とイスキエルカが炙った石を放りこむという調理法だった。これがドラゴンたちの夕食になり、人間たちにも、いつもの塩漬け豚肉と乾パンに加えて、それぞれボウル一杯の肉スープが分配された。

ローレンスは肉スープのカップと乾パンを持って集団から離れると、少し歩いて、谷のなかに入った。大地はやわらかく、足もとには弾力があった。岩もなければ、人間の足で踏みしだかれた跡もない。深く息を吸いこむと、革のような懐かしい牛の匂いがした。父親の地所であるノッティンガムシアに戻ってきたのかと錯覚しそうになるほどだ。しかし、周囲には黄色と灰色と赤色の砂岩が層を成す絶壁がそそり立ち、谷底に広がるこの心地よい、ほどよい大きさの谷をすりばち状に取り囲んでいる。

テメレアが食事をすませると、ローレンスはテメレアとともにふたたび空に戻り、緑茂る小さな土地を上空から見おろした。木々が密生した、ゆるやかな緑の斜面が、スカートのように谷底に向かって広がっている。スカートの裾のあたりで、木々がまばらになり、草の生い茂る野原に変わる。樹林も野原も含めて、この谷はかなりの長さにわたって延びており、どんな用途にも充分使えそうだった。川の両岸はもう少し広げる必要があるだろうし、谷の入口も切り拓いたほうがいい。そうすれば、便利な一本の道をつくり、牛をたやすく水場に追えるようになるだろう。

「もしもドラゴン舎を建てるとしたら……」テメレアがうっとりとしたようすで言った。「これ以上の候補地はまたとないと思うな。見てよ、あっちの滝の眺め。それに、谷間の牛たちがひと目で見わたせる」

ローレンスは、頭のなかで考えをめぐらした。その計画を推し進めるための労働力として、ドラゴンは大いに力を発揮するだろう。テメレアなら必要な樹木を伐採し、切り出された石をうまく扱うこともできる。四人たちがシドニーに戻る道を切り拓いているあいだも、こちらで作業を進められる。

道が完成すれば、さらに多くの牛を、さしたる困難もなく、ここまで連れてこられるようになるだろう。いまここにいる牛の三倍は飼育できるはずだ。ドラゴンたちがみずから獲物を狩って食糧を補充すれば、この谷間で少なくとも四頭のドラゴンを養える。

ローレンスは望遠鏡をおろし、自分のなかに、このような一風変わった家庭願望があるのに気づき、いささかおかしく思った。少年時代は、どれほど必死に、そのような仕事から逃れようとしたことだろう。どれほど蔑みを込めて、農園や牧場を有する地所の経営を、そういったおだやかで冒険的でないものをはねつけてきたことだろう。それに業(ごう)を煮やした父親から何度も罰を与えられたものだった。かつてなら、こんな野原が自分のものになると思っても、なんの栄誉も感じなかった。いまは、ここが人生で見たなかでいちばん汚れなき土地のように思える。

「細い道筋がこの先も西方向に延びています」ローレンスが谷底に戻ると、サルカイが話しかけてきた。「しかし、密輸品がどこから来るのかは依然としてわかりません。この道がどこかで海岸とぶつかり、そこで密輸団が船から荷を揚げていることは間違いないのです。つまり、この道がどこかで大きく曲がるか、あるいは折り返すものと期待していたのですが……」

「この道で密輸品が運ばれていることは間違いない」ローレンスは言った。「もし、シドニー港からそう遠くない海岸沿いを、不法な商船を受け入れている港がないかと捜索していたら、きみはこれほどの成果を得られなかったはずだ。これは提案なのだが、この道に見張りを置いてはどうだろう？　そして、誰があらわれるかを確認する」

「誰もあらわれないでしょう」サルカイが言った。「わたしたちはいまやこの谷を、三頭のドラゴンとともに占拠しています。角笛を吹き鳴らして諸国遍歴をする騎士も同然ですよ。ところで、あなたがたはおそらくこの土地にとどまるのでしょうね」それは、半ば質問になっていた。

ローレンスは、少し間をおいてから言った。「この土地が、ドラゴン基地として理想的であることは確かだ」ゆっくりと言葉を選んでそう言ったあと、今度はテメレアを見つめて尋ねた。「きみは、こんなわが家でも幸せかい？　ここには、もっとよいところに住むための足がかりはなにもない」

「ふふん！　ぼくらでここをよくすればいいじゃない」と、テメレアが言った。「だって、そうでしょ。卵が孵ったら、ぼくらにはいろんなことができるよ。あの木々や石は誰のものでもないから、あれを使う前に、誰かから買う必要もないんだ。この土地にドラゴンがいないのは不思議だけど、ここは誰かの縄張りじゃないかって、いちいち考えなくてすむのはありがたいよ。あの牛を食べたら、誰かが怒り出すんじゃないかって考えなくてすむこともね」

テメレアは、私掠船の話を持ち出したとき以上に、今回のなりゆきを喜んでいるように見えた。そして、日が絶壁の向こうに沈むと、ローレンスとテメレアは就寝の準備に入った。テメレアは眠そうな声で自分の構想を語りつづけた。「ドラゴン舎を建てるときは、ぜったい、あのいい匂いのする木とあの黄色い石を使うんだ。ねえ、ローレンス、ドラゴン舎を建てたら、家畜を増やそう。ぼくはここを世界のどこにも負けない領土にするよ。ここを誰にも渡さない。もしかしたら、マクシムスやリリーが訪ねてくるかもしれないね。画家に頼んで、ドラゴン舎の絵を描いてもらってはどうかな。それをマクシムスたちに送れば、どんなだかわかってもらえるよ。そうだ、ぼくの母君にも送ろう。母君なら、その絵を見て、興味を示すと思うな。喜ばないわけないよ。こんな谷間は、中国でも見たことなかった。もちろん、あの国には興味をそそられる場所がたくさんあるし、都市のすばらしさはほかと比べようもないけど、でも、この土地に心から満足しないはずがないと思うんだ」

ローレンスには、ほかのドラゴンも訪ねてくるだろうなどと言って、テメレアを励ますことはできなかった。だがそれでも、満足そうなテメレアを見るのはうれしかった。囚人たちがせめて明かりを慰めにしようと、小さな焚き火をしていた。闇が落ちて気温が下がり、過ごしやすくなっている。

ローレンスはテメレアの前足に身をあずけ、大きな荷が肩からおりたのを感じた。たとえ政治によって、自分とテメレアがこの戦争において具体的貢献を果たすチャンスをつぶされたとしても、少なくともここには、侮ることのできない為すべき仕事があり、目的もなく破壊するのではなく、なにかを築きあげるという希望がある。

テメレアの規則正しい寝息が、艦の舷側に寄せる波のように、絶え間なく均質につづいていた。風が木々のあいだを抜けていく。ローレンスはかつてないほどぐっすりと眠った。そして、苦しげなテメレアの鼻息を聞いて目を覚まし、頭を持ちあげた。イスキエルカがテメレアの背中を噛んでいた。

「なんだよ、いったい！」テメレアが苛立って言った。「すごくいい夢を見てたのに。じゃましないでくれ」

「眠ってる場合じゃないわよ！」イスキエルカが言った。「――卵が消えたわ」

第二部

7　消えた卵と残された卵

「愛しいテメレア、お願いだから……」ローレンスは、テメレアをなだめようと、その前足に片手を置いた。「案内役もなしに飛び出していかないでくれ。きみが上空から追跡するのは無理だ。こんなに木が茂っている土地では、たとえ初心者の泥棒だって、きみから逃れるためには、危険を冒しても日中は身を潜めているだろう。そして、移動するのは夜になってからだ」

「卵が持ち去られて、どうなっちゃうかもわからないのに、こんなところでじっとしてなんかいられないよ」テメレアがそう言いながらしっぽをぶんぶんと振るので、すでにそこらじゅうの植物が被害を受けており、ローレンスは誰かに怪我を負わせてしまうのではないかと心配した。

残された小さな卵だけが枯れ葉と枝の敷物の上に侘しく置かれ、その横のなにもない空間が無言の抗議をしているかのようだった。泥棒は明らかにふたつの卵を見比べ、大きなイエロー・リーパーの卵を選び、劣った小さなほうを残していったのだ。

ローレンスは、これほど激昂するテメレアをめったに見ることがなかったし、それはイスキエルカについても同様だった。この事件が自分に、あるいはグランビーに与える脅威と比べると、二頭のショックは、それをはるかに上まわっていた。テメレアとイスキエルカが取り乱して無謀な行動に出ないともかぎらない。イスキエルカの怒りが炎となって噴出し、すでに三本の木が灰と化していた。

「とにかく落ちついてくれ」グランビーが切羽詰まって言った。「泥棒だって、卵の面倒をしっかり見てるはずだ。卵を傷つけるために盗んだわけじゃないだろう。連中もドラゴンが欲しいんだ」それでも、すでに手がかりをさがしはじめているサルカイのもとに相談に向かうとき、グランビーは声を落としてローレンスに言った。「わからないな。いったい、なぜなんだろう。人間が——一般の人間がドラゴンと関わりを持ちたがるなんて、聞いたことがありません」

「サルカイの推測が正しければ」と、ローレンスは言った。「その連中はふつうの密輸団ではないな。ナポレオンが労を惜しまず英国の交易産業をつぶそうと考えているのなら、密輸団は悪徳商人ではなくフランス軍兵士である可能性が高い」

「だとしても、連中は卵でなにをするつもりなんですか?」グランビーが尋ねた。

「フランス軍のドラゴン基地をつくるなんて、ありえないですよ。現在のフランス海軍とわが英国海軍の勢力を比べれば、この地域でフランスが植民地を維持することは不可能だ。ありえません」

「なぜ海賊は船を略奪するか?」サルカイが、地面を見つめたまま顔をあげることもなく言った。「ドラゴンを使うために、基地をつくる必要はありませんよ。英国の竜を避け、獲物を狩らせて食べさせるだけでいい。よく働く中型ドラゴンが、輸送手段を確保したいフランス側の目的と、みごとに合致するのではありませんか? 密輸品の輸送には、ラバ隊よりドラゴンを使うほうが効率がいい。ドラゴンなら地上に痕跡を残すこともありません」

サルカイが見つけた足跡から、密輸団が北西に向かっていることが、かろうじてわかった。しかし確証はなく、密輸団を発見できる望みは薄い。それでもテメレアが躊躇(ちゅうちょ)を振り切るのに、情報はそれだけで充分だった。

「すぐ行こう。やつらが卵を持って海岸まで引き返したら、それで船に乗せてしまったら、いったいどうなっちゃうの? いや、やつらは卵を落っことすかもしれない。

傷つけてしまうかもしれないよ。ちゃんと訓練を受けた飛行士じゃないんだから。ドラゴンのことをろくに知らないやつらなんだ。孵化しても、なにも与えず、鎖につなぐだけかもしれない。ふふん！　これから起きるかもしれないおぞましい事態はごまんとある」

「ここでぐずぐずしてたって、卵が見つかるわけない！」イスキエルカが割って入った。確かにそのとおりだが、今後の追跡について理性的に検討することをただちに打ち切るような理屈でもあった。

テメレアもイスキエルカも、すぐに出発したがっていた。カエサルは、自分と同い歳の仲間になるかもしれない卵をさほど守りたいようすでもなく、不平を言いはじめた。イスキエルカがカエサルの襟巻(えりまき)状のひだをつかんで揺さぶり、ぎゃーぎゃーわめいて抵抗するのもかまわず、乱暴に引きずってテメレアの背中に押しあげた。テメレアもイスキエルカも、カエサルののんびりした飛行に合わせるつもりはさらさらないようだ。

ローレンスはランキンもなにか意見があるのではないかと少し待ったが、彼はなにも発言しなかった。グランビーがやれやれと首を振り、数名の部下に搭乗を命じた。

「ミスタ・ローレンス」と、フォーシング空尉からあらたまって呼びかけられ、ローレンスは振り返った。「残った卵を持っていく準備をしたいのですが――テメレアさえよければ。卵をくるんで詰め物で補強する役目をわたしにまかせていただけますか？　追跡にはいつもより揺れが予測されます。ミスタ・フェローズによれば、卵をハンモック状のネットで吊るせば、揺れの影響を受けにくくなるだろうということです」

「とてもいい感じだね」テメレアは首を動かしながら卵の準備を見守り、はじめてフォーシングに承認を与えるようすを見せた。しっかりとくるまれた卵に鼻先をあてがい、さらに少しだけ時間を割いて安全を確認し、ぎこちない尻ずわりになった。卵をおさめたネットを、短縮型ハーネスの胸帯と翼の裏側にかかる広い帯に結びつけなければならないからだ。こうして卵をおさめたネットが、テメレアの胸もとで揺りかごのようにやさしく揺れるように装着された。

こういった一連の作業に加わるフォーシングに対して、グランビーのもとで作業する士官たちから敵意に満ちたまなざしがちらちらと注がれていた。もしかしたら、その少し前までは、フォーシングが二個の卵の近くにいて、より好ましいイエロー・

リーパー種の卵の有力なキャプテン候補となることを、彼らはうらやんでいたのかもしれない。ローレンスには彼らの気持ちがよくわかった。彼らがみな、祖国から遠く離れた土地で魅力に乏しい任務に甘んじているのは、たまさか重要な戦闘に遭遇して昇進するチャンスに賭けているからにほかならない。これしか道を選べなかった男たちにとって、出世の可能性が唯一の慰めになっている。

ローレンスには、消えた卵が見つかるとは思えなかった。サルカイは、高ぶったドラゴンたちを気遣い、落胆させるような意見をあえて言わないのだろうが、手がかりを調べる表情には厳しいものがあった。密輸団は自分たちのルートをよく知っており、追跡されることも予測ずみだろう。未開の地に少なくともひとつのルートを見つけているのだから、ほかに知っている経路があってもおかしくはない。

こうなると、あの小さな卵が唯一残された希望となった。そういう意味では非常に貴重な卵だと言えるが、ほかと比較すれば劣ることは否めない。残念ながら、この卵しかないという状況は、この植民地においてドラゴンを繁殖させるという今後の展望に、間違いなく影を落としていた。

ローレンスの知るかぎり、ジェーン・ローランドはさらにこの地に卵を送りこむつもりでいる。しかし、最初の三個は繁殖の始祖となるように意図されており、おそらくはイエロー・リーパーがもっとも重要な鍵を握っていた。その卵から生まれるのが雄ならば、ほかのさまざまなドラゴン種と交配させることができる。

ジェーンは、交配に望ましいドラゴン種の卵を幅広くそろえて送ろうとしていた。そのための要員がすでに送りこまれ、任務に就いている。もし卵から生まれるのが雌なら、飛行士たちはテメレアがこの地での選択肢のなさゆえに、その雌竜に愛情をいだくことを期待するだろう。

彼らがテメレア持ち前の自由な主義思想をどう評価しようとも、それがローレンスの影響であるという点においては、おおかたの意見が一致しているようだった。しかし真実はまったく逆だということを、ローレンスは冷ややかにおもしろく思っている。もっとも、彼らが正しく見ていることもあり、彼らのうちの誰ひとり、軍事面から見たテメレアの卓越した能力に異論を唱える者はいなかった。

テメレアには「イエロー・リーパー種との掛け合わせがいちばん望ましい」と、ローレンスはこれまで何度も聞かされてきた。つまり、テメレアの長所と、イエロー・リーパーが軍務において広く好まれてきた理由でもある御しやすさ、おおらかな性質をひとつに合わせたいということだ。

しかし、最後に残された卵から生まれてくるだろう体の小さな竜とテメレアを交配させるという希望はまず持てない。つまり、新たないくつかの卵が到着するまで、どんな交配も期待できないということだった。もちろん、小さな卵から生まれてくるのが雌で、その雌がカエサルに興味を示すということはあるだろう。しかし、カエサルは孵化からこのかた、飛行士たちのあいだで評価はあがらず、この交配は大きな期待を掻き立てるようなものではない。

ともあれ、いまはもう手の打ちようがない。イエロー・リーパーの卵は持ち去られてしまい、状況は絶望的だが、それでも捜索に行かなければならなかった。ゆっくりと時が経過し、不在の感覚に慣れていくことでしか、悲しみや失望は癒されないのだろうが、このままではテメレアとイスキエルカの気持ちがおさまりそうもないからだ。

「望みはある」と、ローレンスはそれぞれのドラゴンに乗りこむとき、サルカイに低い声で言った。「少なくとも、この捜索はきみの任務にとってなんらかの益を生むはずだ。密輪団を追い越してしまったとしても、彼らの痕跡が残る道をたどってその起点に――彼らが密輪品を送り出している場所に行き着くことができる。そこが港なら、そう簡単にはほかへ移せないだろう。定期的に近辺の警邏(けいら)活動を行って、それを阻止すればいい」

「わたしの立場から申しあげるなら、よいことなどまったくありません」サルカイが言った。「わたしの報酬は、密輪団の手口を解明することに対して支払われます。密輪団を追い詰めるためにドラゴンや仲間を雇うことはできませんし、もちろん、密輪団を壊滅させたところで同じです。しかし、いちばん面倒なのは、密輪団の何人かを尋問のために確保しておくことでしょうね――われらの友の感情がこのままおさまらないとするのなら」

サルカイはそう言うと、グランビーのほうに向かった。ローレンスはテメレアの背にのぼり、搭乗ハーネスのカラビナを竜ハーネスに留めつけた。ランキンはすでに搭乗ハーネスの固定を終えて、むっつりとしたカエサルに低い声で話しかけている。

「おいらの大事なキャプテン、もちろん、あなたが望むなら従います。でも、なんでこんな大騒ぎになるのか、わからないな」カエサルが言った。「だいたい、どうしておいらは、鞄や荷物みたいに縛りつけられなくちゃならないんだろう。ここでのんびりしながら、牛の番をしてることだってできたのに」

カエサルは小さな声でしゃべっているつもりでも、テメレアには聞こえていたにちがいない。しかしテメレアはそれを無視して、わずかに首をめぐらして言った。「ローレンス、あなたはだいじょうぶ？」そして、乗っているほかの者たちをぎらぎらした眼でにらみつけた。縦長の瞳孔(どうこう)がいつになく大きくなり、沈みゆく夕日を映して、眼のなかで炎が燃えているかのようだ。

「だいじょうぶだ」ローレンスが答えると、テメレアは飛び立った。緑の谷の描く曲線がどんどん遠ざかり、砂岩の断崖の連なりが見えてきた。その静けさは、数日のあいだに、すでに遠い記憶となっていた。ローレンスは巻きあげ機(キャプスタン)で錨を引きあげていくときのような力強い竜の羽ばたきの音に耳を傾けた。

当然ながら、憤怒に駆られたテメレアにも、卵泥棒を見逃して追い越してしまうかもしれない危険性はわかっていた。卵を持ち運ぶのはむずかしい。馬車を使うなら話は別だが、サルカイによれば、そのような証拠はなかった。おそらく泥棒たちは相当に疲れており、灌木を掻き分けながら苦労して道を進んでいるはずだ。

「道筋に沿ってまっすぐに追うだけじゃだめだな」テメレアは、イスキエルカに言った。「それではすぐに泥棒たちを追い越してしまう。彼らは道をはずれた茂みに隠れて、ぼくらが通り過ぎるのを待ってるかもしれない。泥棒たちを逃がさないように、とにかくいまは、この辺鄙な土地にやつらを封じこめておかなくちゃ」

「虱(しらみ)つぶしに調べていく必要がある」とローレンスが言い、線図を描いてやり方を説明した。密輸団の道を捜索コースの中心軸として、最初は西に向かってジグザグに飛び、つぎに北へ——ほうきの先をぐるりとまわすように上空から見ていくという作戦だった。

イスキエルカが、体の突起から絶え間なく蒸気を噴きながら尋ねた。「泥棒たちは、道からはずれてどこまで行けると思う？　あたしたちが、この辺一帯をくまなく飛びまわってるうちに、結局、連中のほうが先に進んでしまうことだってある。馬車はないとしても、馬に乗ってるかもしれないし」

協議の結果、北西に針路をとりながら道を中心として五マイル先まで調べることが決まった。苦しい飛行になった。淡い色をした石のかけらが目に飛びこんでくるたび、テメレアの心臓は苦しい早鐘を打った。もしや、すべすべしたクリーム色の地に黒い斑点の散った卵のかけらではないのか……。不安に呑みこまれそうになりながら確認し、これは一刻を争う緊急事態なのだと自分に言い聞かせ、気力を奮い立たせた。地表に目を凝らしつづけているうちに頭痛がはじまった。

イスキエルカはそれほど多くの人間を乗せていなかったので、かすかな動きを見つけるたびに地表に向かって急降下した。だが、そこで発見するのは、痩せたカンガルーや足ばかりたくましいヒクイドリで、イスキエルカはそれを捕まえて上昇すると、テメレアと分け合って食べた。飛びながら食べれば時間を無駄にしなくてすんだ。イスキエルカの眼が地上のどんな小さなすばやい動きも見逃さないことを、テメレアは認めるしかなかった。

この追跡行に仲間がいることをテメレアは頼もしく思った。イスキエルカは意地っ張りで、なにをやるにも無責任で、いっしょにいて楽しい相手ではない。しかし、いまこの瞬間、同じ目的のために心をひとつにするとき、彼女はかけがえのない相棒だった。ときたま――ほんとうにときたま――イスキエルカはテメレアが気づかないものを目ざとく発見した。

「なに――?」テメレアが言い終わらないうちに、イスキエルカが急降下した。そこには若木と灌木の茂みがあり、テメレアは彼女がまたなにか動くものを見つけたのだろうと察知した。イスキエルカが茂みに向かって火を噴いた。短いうなりとともに放った一瞬の火が青葉に燃え移ることはなかったが、そこにいる生き物すべてが驚いて木のなかに逃げこむにはそれで充分だった。若木と灌木をひとまとめにすると、イスキエルカはそのなかに頭を突っこみ、探り、かぎ爪を伸ばし、ごっそりと土ごとつかみとった。

戻ってきたイスキエルカがかぎ爪を開くと、そこには土まみれになった小さな齧歯類が何匹も、窒息して死んでいた。テメレアと分け合うと、それぞれにとって、かろうじて一口の量しかなかった。二頭はとにかくそれを口に放りこんだ。生で土だらけで、清潔ではない。それはテメレアにとって衝撃的な、思考の外へ弾き出されるような体験だった。

しかしいまは、思考することを必要としていないし、望んでもいない。ある種の感受性も同様だった。二頭が必要としているのは飛ぶこと、捜索すること、命を維持する分だけ狩ることだけだった。テメレアは、自分が一匹のけだものに変わっていくことを少しもみじめだと思わなかった。そうならなければ、自責の念に押しつぶされてしまいそうだった。

これも認めるしかないのだが、イスキエルカはテメレアを責めるようなことを、ひと言も言わなかった。彼女はこう言うこともできた。なにをしてたの？　卵を見張ってもいなかったなんて――。あるいは、卵が持ち去られるのに気づかないほどぐっすり眠りこんでいたことを、責めることもできた。しかし、そうはしなかった。

もちろん、イスキエルカにも同等の責任があると自己弁護することはできたかもしれない。しかし、テメレアは英国からずっと卵の管理に責任を持ってきた。卵の面倒を見る仕事をイスキエルカと分け合ってきたわけではない。自分が彼女にそれをまかせようとしなかった。もし、そうしていたら――テメレアは情けなくも、それについて考えた――イスキエルカはたぶん自分よりも警戒を怠らなかったはずだ。もっと用心深く卵を守っていたはずだ。たぶん、イスキエルカなら、卵が盗まれるようなことにはならなかった……。

テメレアは、それ以上は考えまいとした。そんなふうに考えてしまうより、まったくなにも考えないほうがましだった。小さなウォンバットをつぎつぎにむさぼった。いまは小さなウォンバットに食べる価値があった。どれも痩せているが、嚙み砕くと血の旨みが口に広がり、生き返る心地がした。

「お腹すいてない、ローレンス?」テメレアは無我夢中の食事からふいに醒めて、ローレンスに尋ねた。

「いや。わたしたちは乾パンがあるからだいじょうぶだ。たくさんあるから心配いらない」ローレンスは答えた。「でも、きょうはこれ以上、捜索をつづけられそうにないな。もう日暮れどきだ」

「たいまつをつくればいいわ」イスキエルカが地上に近づき、大きな一本のユーカリの木をかぎ爪でつかんで揺さぶりつづけると、ついに根がゆるんで地面から抜けた。火を噴きつけられて、その尖端が燃えあがり、薬を思わせるような奇妙で刺激的な匂いが立ちのぼった。

しかし、その明かりが正しく地面を照らすように調整するのは簡単ではなかった。イスキエルカがもう一本のたいまつをこしらえてくれたので、テメレアはそれに気づいた。たいまつの扱いにはこつがいる。胸の前面に最後に残った小さな卵をぶらさげているし、その下に装着した腹側ネットには囚人たちが乗りこんでいるので、炎が風にあおられて腹のほうに行かないように注意しなければならない。

ほどなく、テメレアは地上のなにかがたいまつの明かりを反射したのに気づき、思わず振り返った。と同時に腹側ネットから警告の叫びがあがり、慌ててたいまつを横に突き出した。が、このとき炎がかぎ爪を焦がし、一瞬の痛みにたいまつを放してしまった。落ちていくたいまつを追いかけたが、あと少しで届くというところで考えが変わり、まだ正体がわからない先刻きらりと光ったものに近づいてみることにした。

しかし、大きな岩の上におり立ち、かぎ爪で岩を引っ掻いてみても、なにも変わらなかった。イスキエルカもおりてきて、たいまつをかざした。その瞬間、足もとの岩が赤や緑の交じった真珠のような光沢を放ちはじめた。テメレアがかぎ爪で掻いたところが、岩のなかから光る細い筋となって浮かびあがった。

「オパールですね」サルカイが言った。美しい鉱石だった。こんな状況でなければ、テメレアはこの発見に大喜びしていただろう。しかし、いまはなにも感じない。ただ苦しい思いが、しくじった自分への失望と悔いが、心にわだかまっている。

「残念だが、きょうは空に戻るのはよそう。このやり方では、どうしても見落としが多くなってしまう」ローレンスが静かにそう言った。「南半球のこの地域は、いまは夜の短い季節だ。夜明けはすぐだ。きみたちは休みをとらなければならないな。しばらく眠ったほうがいい。夜明けの光とともに起きればいいから」

落としたたいまつが少し離れた場所でまだくすぶっており、それだけが周囲に見える唯一の火だった。その残り火と夜空に輝く星々を除けば、夜は漆黒の闇に包まれている。イスキエルカが鬱憤のこもった短い息をシュッと吐き、たいまつを放り投げた。そして、苛立たしげに地面に身を伏せ、眠るときにはいつもそうするようにとぐろを巻いた。

テメレアは荷をおろす作業があるため、まだ少し起きている必要があった。しかし、それすらも面倒くさくなった。「いいんだ、残しておいて。ハーネスはつけたままでいいよ。それでも眠れるから」ただし、小さな卵だけ取りはずすことにした。突然、疲れが押し寄せてきた。もちろん、捜索をつづける方法があるならやめたくなかった、なにがなんでもやめたくなかった。だが、前足で体を支え、注意深く地面に横たわる姿勢をとり、そろえた前足のあいだに毛布にくるまれた卵を置いた。こうしておけば、誰かが卵に近づけば、いやでも気づくだろう。

だがそれでも、安心できなかった。テメレアは、人間が自分の上によじのぼってくる感覚に慣れっこになっている。人間は小さくて軽いから、もしかしたら、まったく気づかないこともあるのではないか。眠らないで休息をとるだけにしようと心に決めた。

だがしばらくすると、睡魔が忍び寄ってきた。頭がさがり、まぶたが重くなる。そして、風が変わったか、あるいは小枝が翼をかすったかで、はっと目が覚めた。不安に駆られて鼻先で卵をさぐり、何事も起きていないことを確認し、ふたたび睡魔との闘いがはじまった。

疲れきっていた。ふいにローレンスが――愛しいローレンスが、片手を前足にかけて、のぼってくるのに気づいた。ローレンスは卵のかたわらに腰をおろした。「できるだけ休むといい。わたしは明日、きみが飛んでいるときに眠ることができる」

「ありがとう、ローレンス。すごく助かるよ」テメレアは感謝を込めて言った。もう睡魔と闘わなくてもいい。ローレンスが鞘から抜いた剣のきらめきを、彼がその剣を膝の上に置いて手入れをはじめるようすを眺め、心から安堵した。そしてたちまち、睡魔に降伏した。

朝になると、きのう一日じゅう持続していた怒りが消えていた。残っているのは、陰鬱で重苦しいみじめさ――失敗を犯したことへの忸怩たる思いだった。と同時に、たとえすぐに成果が出なくても、消えた卵の運命――それについては恐ろしいことばかり考えた――がわかるまで捜索をつづけなければならないという強い決意が芽生えた。テメレアは最後のいちばん小さな卵に鼻先を押しあて、気持ちを慰めた。殻の硬化がはじまっているようだ。だとすれば、もうすぐ孵化がはじまり、卵という危険な時期は終わる。が、物事というのはなかなか思うように進んでくれないものだ。

「きみ、急いだほうがいいよ、ほんとうに」テメレアは卵にささやきかけた。「なにも怖がることはない。おなかがすいていて、ちょっと飛んでもいいなって思うなら、早く出ておいで。のんびりしているより、そのほうがいいよ」

一方、イスキエルカは短い距離を休みなく行ったり来たりしていた。くねくねとよじれた長いしっぽを引きずり、方向転換するたびに、そのしっぽだけがすぐには反転しきれず、少し遅れてついてくる。「もういいでしょう?」と、声をあげる。「出発しましょうよ。もう明るくなった」

まだそんなに明るくはなかった。白みはじめた空を背景に、イスキエルカが黒いシルエットとなって浮かびあがる程度の明るさでしかない。背中の突起から噴き出す蒸気が白い雲のようにうっすらと見える。四人たちがまだテメレアに乗りこんでいなかった。そんなわけで、一行がようやく空に飛び立つころには、太陽が地平線にのぼっていた。上昇をつづけるあいだに日差しのなかに突入し、やがて日が地上に照りつけるようになった。

しばらく捜索をつづけるうちに、また人が通ったとおぼしき道を発見した。だが、そのためにサルカイは何度も地上におりて、確認を繰り返さなければならなかった。成果のあがらない確認作業がつづくと、気持ちが萎えた。しかし、テメレアは喉から出そうになる不満を呑みこんだ。前日は夜になっても捜索をつづけると主張したが、サルカイには暗いなかで地上を観察しつづけることは不可能だったのだといまさらながら気づく。

理性的にならなくてはと自分に言い聞かせ、四度目の確認作業のとき、テメレアはイスキエルカに言った。「今度の道を完全に見失ったら、卵を見つけられる可能性はうんと低くなるだろう。時間を無駄にはできないけど、時間をかけなくちゃならないこともある」

「わかってる」イスキエルカが言い返した。「あの人、まだ終わらないの？　地面をにらみつけてるだけで、なんでこんなに時間がかかるわけ？　ああ、やだ。なんでここにはこんなに木がたくさんあるんだろう」

「こんなに木がたくさんあるんだから、おいらをおろして、木の下で休ませてよ。また暑くなってきた」カエサルが、そこにいるようにと厳命されたテメレアの背から口をはさんだ。テメレアにとって、カエサルはますます厄介なお荷物になっていた。ひと晩のうちに三十キロぐらいは体重を増やしたのではないだろうか。

こんな木々ばかりの土地で狩りをするのはたいへんだった。すでに山岳地帯を越えており、はるか遠くまで途切れることなく樹林がつづいている。それ以外には南へ、やがて西へ流れる川が見えるだけで、海からはまだ遠いと思われた。

「この川は南海岸に流れこむか、あるいは、どこかの湖か内海に注いでいるのだろう」とローレンスが言い、この大陸の海岸線の地図を広げたが、残念ながらそれは未完成の地図だった。

「それは期待できますね」グランビーが、ひたいの汗を袖でぬぐいながら言った。「湖にぶつかるというのも悪くないな。密輪団は、道沿いのどこかで水を補給していると見ていいんじゃないですか？」

物事の緩慢(かんまん)な進行に耐えるのはつらかったが、果てしなくつづく森林の上空を飛びつづけ、川が大きく湾曲する地点までやってきた。イスキエルカが川に沿って飛ぶのではなく、このまままっすぐに進もうと主張した。テメレアは別の選択をするようイスキエルカを説得したが、そうすることには葛藤があった。ローレンスとグランビーの考えが正しいと思えても、イスキエルカとではなく、むしろ自分自身と議論しなければならなかった。

ここに来るまで、できるかぎり注意深く、ゆっくりと飛んだ。しかし、なにも手がかりが得られないまま数日が過ぎた。サルカイが、みんなの努力は認めるが、それでも密輸団を追い越してしまったにちがいなく、ここは引き返すべきだと言いはじめた。テメレアには信じられなかった。こんなにゆっくりと進んできたのに、見落とすことなんてあるんだろうか……。だがとうとう、ローレンスが追跡行をいったん中止するようテメレアを説得した。

ある朝、これからまた飛び立とうというとき、ローレンスは線図を描いて、こんなにも早いペースで卵泥棒たちが進むのは無理だと説明した。テメレアは否定できなかった。そう、やはり遠くまで来すぎてしまったのかもしれない。

それから三日かけて、すでに一度見た大地の上を飛び、最後に足跡らしきものが見つかった場所まで退却し、そこを再調査した。そしてようやくサルカイが先へ進むことを承諾したが、結局、彼は新しいことはなにも見つけていなかった。その午後、テメレアは水を求めて、ぼんやりと川のそばに舞いおりた。絶望感でいっぱいで、喉が渇いて水を飲まずにいられないのだが、自分にはそうする資格がないようにさえ思えてきた。

「ローレンス」と、サルカイが立ちあがって声をかけた。「よろしければ、ちょっとお話が」テメレアの冠翼がぴくりと立った。それでも盗み聞きの誘惑と果敢に闘った。サルカイがなにを話すつもりでも、彼はそれをほかの誰にも聞かせたくないのだろう。ローレンスはとても厳しい表情になっていた。もちろん、内緒の話を詮索すべきではないとわかっているのだが……。

「ぜんぜん聞こえない」イスキエルカが言った。「ねえ、グランビー。あの人たちのところに行って、なにを話してるのかわたしたちに教えるように言ってくれない？」

「それは、無理」グランビーがきっぱりと返した。「きみがこっそり近くに行くのもいけないよ。きみの罪の履歴書に盗み聞きまで加えたくないならね」

だが、サルカイと話し終え、戻ってきたローレンスはおだやかな声で言った。「愛しいテメレア、冷静に対処するように、きみに頼みたい。そして、イスキエルカにも同じように言ってほしい。わたしがこれから――」

テメレアは打ちのめされた。「ふふん、そうか……ふふん……。サルカイが見つけたんだね……卵の、割れたかけらを」

「いや」ローレンスは言った。「いや、そうじゃないんだ。まったく逆だよ。でも、足跡を乱したり消したりしてはいけない。サルカイは泥棒たちがここにいたと考えている。それも昨夜だ。そいつらは、小さな砂の山を築いて、そこに卵を置いていたようだ。でも、確かではなくて――」

「じゃあ、そいつらは近くにいるのね！」イスキエルカが声を張りあげ、後ろ足立ちになった。

「ちょっと待った！」テメレアがさっと動いて、イスキエルカを押さえつけ、いつものとぐろを巻いた状態に戻した。「地面を荒らして、めちゃくちゃにしないでくれ。サルカイが手がかりを見失ってしまう。ねえ、サルカイ、泥棒たちがどこに行ったかもわかる？」

興奮で翼が勝手に震え出した。絶望のどんよりとした感覚が一掃(いっそう)されていく。卵を取り返せるかもしれない。泥棒たちは戦利品を手に消えたわけではなかったのだ。

「驚いたよ。今朝は数時間しか飛んでないし、あんなに地上に何度もおりたのに」テメレアは歓喜して言った。「このぶんなら、明日のうちに泥棒たちを見つけて、追いつけるかもしれないね。泥棒たちがここにいるときも、卵が大切に扱われていたんでしょう？　たぶん、卵は焚き火の近くに置かれていたんじゃないかな」

「わたしが話したのは、夢物語のなかの最良の部分ですよ」サルカイが言った。「卵がここにあったと推測されるというだけの話です」しかしこれもまたサルカイ特有の醒めた見方なのだとテメレアは決めつけた。

　イスキエルカが、いますぐ出発しよう、全力でまっすぐに泥棒たちの向かったほうへ飛んでいこうと意見した。だが、グランビーとローレンスはこの件に関して慎重だった。いまや泥棒たちは追っ手が近いことを知っているのだから、虱つぶしに調べていく作戦をとらなければならないと彼らは考えた。

「ぼくらがこんなに大きくて、人間が小さいってのは、まったく始末が悪いよ」テメレアはやるせない気持ちで言った。「いまこの瞬間だって、そいつらは木の陰からぼくらのことを見てるかもしれない。〝ほら、あいつらにはおれたちがぜんぜん見えないんだぜ〟って、いやらしくほくそえんでるかもしれない」

「確実に言えるのは――」と、ローレンスが言った。「泥棒たちがどこにいようと、どんなふうに身を潜めていようと、連中にはきみが見えているということだ。つまり、きみがあたりの植物を倒したり押しつぶしたりするのが見えているということだよ。けっしてほくそえんだり笑ったりしている場合ではないと思うね。むしろ、助けてくれと祈りたい気分じゃないかな」

テメレアは、サルカイがどこで地上におりようと言い出そうが、愚痴をこぼせなくなった。それはイスキエルカも同じだった。どちらもサルカイが調べているものを彼の肩越しにのぞきこみ、なにが見つかったのかを理解しようと努めた。実のところ、テメレアにはまったくわかっていなかったのだが、サルカイがほかとは判別しがたい土の一部を示して足跡だと言っても、ありきたりの下生えを見て人が通過した跡だと言っても、いかにもわかっているようにうなずいてみせた。

こうして這うような緩慢なペースで進んで数日後、一行は川から逸れて、開けた土地に出た。大きな川はなくなったが、そこから流れる支流に沿って北西に進んだ。森は徐々に消えて、草木の乏しい平原があらわれた。テメレアはさほど気にしなかったが、大量の土ぼこりが舞っていた。尋常ではない量だったので、飛んでいるときも、夜になって野営にいても、テメレアは咳をし、鼻水を垂らした。

ローレンスは水不足を気にしていた。テメレアは細々とした心配事になるべく目を向けないようにしたが、大きな川から離れたことは確かに不都合だった。密輸団もそうにちがいなく、だとしたら、どこかに水場が存在する可能性があった。「彼らが水場を見つけていたとしても、わたしたちが同じように見つけられるとはかぎらないな」何度目かに干あがった川から飛び立ったあとに、ローレンスが言った。「密輸団は小編成だから、数日分ぐらいの水を携行しているかもしれない。わたしたちに、そこまでの余裕はない」

「でも、ここには視界をさえぎるものがほとんどないから」と、テメレアは言った。「水場があれば、遠くからでもわかるよ。もちろん、それは泥棒たちも同じだけどね。水場が見つかればいいなあ。そうすれば、心配事がひとつなくなるのに」

「いちばん心配しなきゃならんことを、教えてやろう」テメレアの腹側ネットからジャック・テリーが仲間に話す声が聞こえてきた。「水場は見つかるかもしれんが、そこはすぐに陥没する深い穴になってるんだ。ひとり残らず呑みこまれるかもしれん」

テメレアは軽蔑もあらわに鼻を鳴らした。「すぐに、まともな水場が見つかるさ。だから、愚痴はもう言わないでほしいな」

水場はたやすく見つかった。土ぼこり舞う土地にかすかな銀色のきらめきがあり、まるで手招きするように、灌木や痩せた木々がそれを囲んで生えていた。そこでみながたっぷりと水を飲んだあと、サルカイが少し離れた小山を示し、注目を促した。その小山のてっぺんに、泥棒たちが軽く食事をとるためにしばらくとどまったと思われる痕跡が残っていたのだ。

「火を焚いたようですね」サルカイが言い、草が禿げて小枝らしきものが散らばった場所を示した。彼が立ちあがってほかの場所を調べに行くと、テメレアは控えめに鼻をひくつかせ、臭いを調べた。だが、どんな煙の臭いも嗅ぎとれなかった。そこで舌をそっと近づけると、木の焦げた感じがほんのわずかだが伝わってきた。

しかしそのあと、サルカイが驚きの発言をした。「卵はここにあった」テメレアが振り返ると、確かに一目瞭然だった。草や葉を掻き集めた巣のようなものがあり、そばには細い枝で小さな焚き火をしたあとがある。巣のようなものの中央になめらかなくぼみができており、それがちょうど卵のかたちと大きさに合致した。テメレアも、もしこの場所に卵を置くとしたら、同じようにしていただろう。

「きみのおかげで、泥棒たちを追跡して、ついにここまで来ることができた。それも、この一万エーカーはあろうかという未開の地で」と、ローレンスがサルカイに言った。

「まったく称賛の言葉も浮かばないほど——」

サルカイが首を振った。「褒めるのは、やつらを捕まえてからにしてください。わたしにはまだ彼らがどこにいるかもわからない」

テメレアがふたたび空に舞いあがり、その背からみなで地上に目を凝らしたが、どの方角にも人影は見つからなかった。土ぼこりがあちこちで立ちのぼっているのは、ヒクイドリが走っているからだった。遠くには野生の犬も何頭か見えた。「だけどきっと近くにいるよ。つい最近、ここで連中がものを食べたのだとしたらね」テメレアはそう言うと、萎えそうになる気力を掻き集めて地上に戻った。

「がっかりさせたくありませんが」と、サルカイがローレンスに言った。「やつらは、尋常でなく、この土地を知っているようです。道を進むのにためらいがない。道を誤って引き返すこともありません。すばやく食べる。おそらく食糧を携行しているのでしょう。あるいは近場でなにを確保できるか知り抜いている。どうやら、まっすぐにこの場所まで来たようですね。ここに水があることを知っていたのです。空から眺めわたさなくても充分な土地勘がある」

「楽観的すぎると言われるかもしれないが」と、ローレンスが言った。「もう少し自信を持ってもいいのではないかな。確かに連中には進むべきルートがわかっている。しかし、そうそう広い範囲を知っているとは思えないんだ。一方、わたしたちには広い範囲を見わたせる利点がある」

「そうだよ、その利点を使おうよ」テメレアは言った。「さあ、みんな早く乗って」

こうして、囚人たちがしぶしぶ日陰から出てきて、腹側ネットに乗りこんだ。カエサルはつつき起こされて泣き言を言った。フォーシング空尉から声があがった。「あのいまいましいテリーのやつはどこだ?」

ジャック・テリーが姿を消していた。

「でも、いったいどこに行ったんだろう?」テメレアは言った。周囲には数マイル先までなにもない。たとえ逃げたかったとしても、どこにも行くあてがないはずだ。今朝の野営から地上を観察しながらゆっくりとだが約十マイルを飛んできたから、それはわかっている。

結局、最後にテリーが目撃されたのは、水を飲むために水場におりていったときだとわかった。彼は水の缶をひとつ持っていた。別の囚人が、水の缶を手に彼がどこかへ行くのを見たと証言した。

「要するに、逃亡だな。荒野に逃げたわけだ」ランキンが苛立たしげに言った。「陸路で中国まで行けると考えたにちがいない。盗まれたのが水の缶ひとつで幸いだった。そこで、みなさんの意見を聞きたい。どこかの茂みに身を潜めたそいつを引きずり出すために、これから一時間を費やすのか、それとも、ここから抜け出すのか。みずから墓穴を掘ったばかを助けるのか、われわれの本来の目的を優先するのか」

「確かにあんまり時間は割けないね」テメレアは不安な思いでローレンスに言った。

「いや、時間は割けるし、割かなければならない」ローレンスが答えた。「少なくとも、空を飛んであたりをさがし、呼びかけるぐらいの努力はすべきだ。その男に、わたしたちは責任を負っている。そして、彼はこの隊の一員だ。もしほんとうに逃亡したのなら、それはしかたがない。しかし、いまのこの状況で逃亡というのは、どうにも理解できない。こんな文明から離れた土地で、ましてや、この暑さと土ぼこりのなかで逃亡しても、茂みに迷いこみ、道を見失うのが落ちではないだろうか」

「勝手に出ていって帰ってこられないおばかさんのことを、なんでそんなに気にするの？」イスキエルカが言った。「その男、卵みたいにどこへでも持ち運べるわけじゃないでしょ。言うこと聞かなくて当たり前。いちいちそんなのにかまってられないわ」

テメレアはローレンスと言い争うつもりはなかった。しかし、イスキエルカの意見に心が傾いた。ことに、ある囚人が仲間のひとりにこんなふうに話すのを聞いたあとでは――「どうだい、やつはうまく逃げたもんだな。いまごろは、中国までもうあと半分ってところにいるぜ。それに引き替え、おれたちときたら、この怪物の腹の下で、おっぱいみたいにゆさゆさ揺れてるだけなんだからな」。

それは、テメレアが大きな円を描いて飛んでいるときだった。ふたりは、ほかの囚人たちのようにジャック・テリーの名を叫んでもいなかった。テリー自身もこの場にいたら、彼らの話に相槌（あいづち）を打っていたかもしれない。テリーは呼びかけに答えなかったし、茂みから出てきて手を振ることもなかった。

「彼は隠れてることにしたんだよ、そうにちがいない」テメレアは言った。「きっとそうだよ、ローレンス。あんなに大きな音をたてたんだもの、近くにいて聞き逃すはずがないよ。できれば――」と、最後に気になっていたことを付け加えた。「卵泥棒たちには聞き逃してほしいけどね。あんな音を聞いたら、ますます警戒するにちがいないから」

もうひとつ付け加えようとして、言わなかったことがある。それは、シドニーを発つときから、テリーがすでに厄介者だったということだ。テリーはのべつまくなしに不満を口にした。もし、彼がもう隊にはいたくないと考えたとしても、テメレアには大きな損失だとは思えなかった。

「どうにも腑に落ちない」と、ローレンスが言った。「ディメーン、下へ行って、あの男たちに訊いてきてくれないか？　テリーの罪がなんで、それからなにを仕事にしていたか」

ディメーンがテメレアの脇腹をつたって下におり、腹側ネットの囚人たちから話を聞き出し、また戻ってきた。それによると、テリーは子ども時代に大工に弟子入りした。本人がそう言ったそうだ。しかし十六歳のとき、二ポンド五ペンス七シリングの借金に行き詰まり、ロンドンのとある家に窓から忍びこみ、何点かの物を盗んで捕まった。そのとき以来、こっちのほうが金になる商売だと気づいて、世間で胸を張れる人間になるという目標を捨てた。つまり、彼は泥棒に、二階の窓から忍びこむ夜盗になった。そして最後は捕まり、刑期二十年、重労働付きの流罪を言いわたされたのだ。

「都会の泥棒稼業の男が、荒野でいったいなにをやると言うんだ？　荒野に飛び出していく理由がどこにあるだろう？」ローレンスは言った。

「なぜきみがそこまでそんな男を、知恵があるとしても悪知恵しかはたらかない男を気にかけるのか、まったく理解できない」ランキンが言った。「そいつはなんでも甘く見ているのだ。まっとうな職に就ける見込みがあるのに、身のほどを知らず、借金に走り、泥棒となって、ロンドンで放蕩した。あげくの果てに捕まって流罪となった。そんなやつには、ひとかけらの理性すらも期待できない」

ランキンは「そればかりか――」と辛辣に付け加えた。「そんな人間は社会にとって価値がない。一方、この現況において途方もない価値を持つドラゴンの卵が――きみの中国人のご友人の推測を採用すればだが――フランスの密偵どもに奪われてしまった。もし、きみがまだこの件にこだわりつづけるなら、われわれは確実に追跡の道を見失うだろう。はっきり言っておくが、わたしは、今回の一件を海軍省委員会に報告するにあたって言葉を控えるつもりはまったくない。キャプテン・グランビーがきみの要求に屈して誤った判断をしたということまで含めてだ」

自分がランキンと同じ考えを持っていることが、テメレアには実に不愉快だった。ランキンの侮辱的な話し方でいっそう嫌悪感が増した。しかし、テリーが社会にとってたいして価値がないということを、テメレアも考えていた。そして、卵がものすごく貴重だということも。それは議論の余地がなかった。テメレアが意を決してローレンスに話しかけようとしたとき、イスキエルカが振り返り、グランビーがその背から声をかけてきた。「ローレンス、残念ながら、やつはどうやら見つけられたくないみたいですね——もちろん、どこかで首の骨を折ってるなら話は別ですが。このままジャック・テリーの捜索をつづけるには、イスキエルカが我慢の限界にきたみたいです」

「了解した」と、ローレンスは答え、一拍おいてから言った。「前進しよう」

「ローレンス、あなたはすごく悲しんでるんじゃない?」テメレアは尋ねた。すでに空にいて、ふたたびイスキエルカとともに、その朝自分で考案した徹底調査のための飛行パターンに入っていた。二頭が高度だけ変えて同軸上を飛び、それぞれがつねに反対方向を調べるようにする。こうすれば、首をめぐらす必要がなく、いつも同じ地面に沿って目を凝らしていられるので、なにかを見落とす心配がない。

「いや」ローレンスが答えた。「ただ、なんとも奇妙だと言うしかない。わたしは逃亡する兵士をよく知っている。海軍時代も、逃亡はしょっちゅうあった。ただしそれは、目先に益がある、港がある——つまり、おおかたは女がいるという見込みがある場合にかぎられた。それに逃亡を計画するなら、一個の水の缶ではなくラム酒の樽を持ち去るんじゃないだろうか。彼ならそうするようにわたしには思えるんだ。それに、グランビーの言うことにも一理ある。あの哀れな男は、足を滑らせて地面の裂け目に落ちたのかもしれない。そのまま、干からびて死んでしまうか、あるいはそれより先に、昨夜遠吠えを聞いた犬たちが襲いかかるか。とにかく、ここは人間にやさしい土地じゃない。だからこそ、そこにひとりの人間を捨て置くのは忍びないんだ」

その午後も、夕方も、密輸団は見つからなかった。夕闇が近づき、風景から色彩が失われていく黄昏に、二頭のドラゴンは精査する範囲をさらにせばめて、小さな焚き火がどこかにないかと四方に目を凝らした。しかし、なにも見つからなかった。

さらに闇が濃くなり、地表の植物が徐々に見えなくなった。灌木の茂みも闇に沈み、地面にこんもりと丸く固まった黒い影になった。高い木々だけが、かすかに光を残した空に棒のように突き立っている。それは、ミスタ・フェローズが竜ハーネスの留め具やカラビナを磨くブラシを思わせた。細く長い幹から小枝が無数に突き出し、その尖端に小さな葉がいっぱいついている。頭上には明るく輝く星々があらわれた。真珠色がかった薄灰色の天の川が、太い帯のように天空を流れている。

ついに一行はきょうの追跡をあきらめ、いささか気を滅入らせて、野営に落ちついた。「おなかがすいた」と、イスキエルカが苛立たしげに言った。狩りも首尾よくいかなかったのだ。

しかしテメレアは、きのうほどには落ちこんでいなかった。「ぼくらはもう二回も、あと少しで泥棒たちをつかまえるところまで行ったんだ。少なくとも、彼らがいた場所はわかった。だとすれば、明日はもっと近づいてもおかしくない。それに、はっきりしてるのは――」と、付け加える。「卵が無事だってことだよ。それだけで苦労は充分報われる」

「きみの言う無事って、卵が粉々にされてないって、ただそれだけでしょ」イスキエルカがむっつりと言い、とぐろを巻いて眠りに落ちた。

ここには水場もなかった。その日飛んでいるあいだに見た水のきらめきは、ここからおよそ八マイル後方、精査していく領域の中心軸となる道から三マイル離れたところにあった。飛行士たちは、自分たちと四人たちそれぞれにカップ一杯の水を配った。さらに小さなカップでラム酒を一杯。酒は乾パンの配給の前に飲み干されてしまった。四人たちが食事をしているとき、そのうちのひとり、オディーが大きな声で話すのを聞いて、テメレアはひどくがっかりした。

オディーはこんなふうに言っていた。「やつらは見つからないだろう。われわれはジャック・テリーを置き去りにし、飢え死にさせた。あるいは、この見知らぬ土地で犬の餌食にした。それは正義にもとる。おそらく、やつの魂はわれわれのあとをついてきている——たとえ、やつの骸が荒野に横たわり腐りつつあるとしても。その呪いゆえに、われわれは賊どもの足跡を嗅ぎとれないだろう。ジャックの幽霊が道連れを欲しがっている。やつの孤独な墓に入ってくれる仲間をさがしている。われわれが血眼になってさがしても、もはやこの先、われわれは生きた人間に出会えないだろう――たとえ、われわれが老いて柳の枝のように腰が曲がろうともだ」

「ねえ、ローレンス」オディーの話に掻き立てられた不安にいたたまれず、テメレアは言った。「ねえ、ローレンス、そんなことないよね。ジャック・テリーを見捨てたなんて、ぼくは思ってないよ。テリーの呪いで卵が見つからなくなるなんて、そんなふうに考えたなら、けっして出発を急ごうなんて言い出さなかったよ」

「わたしはそんなふうに考えない」ローレンスは言った。「驚いた、まったく驚いたよ。きみがそんな迷信みたいなでたらめに惑わされるとはね」

ローレンスがそう言ってくれたおかげで、テメレアは心を慰められたが、一方では、迷信と幽霊の問題に関してローレンスは道理に合わないことを言っていると考えた。まったくもって変だ。ローレンスは幽霊は否定するのに、牧師が精霊(せいれい)について話しても、とやかく言うことはない。同じ霊なのに、こっちは否定して、あっちは認めるなんて、そんなことがあっていいものだろうか。

「ええ、わたしも信じちゃいない」エミリー・ローランドが言った。ローレンスが翌日のコースについてサルカイとグランビーに相談に行ったあと、テメレアはこっそりと彼女にも尋ねてみたのだ。

「ぼくは信じる」ディメーンが、ナイフの手入れをしながら言った。「もし置いてきぼりにされたら、ぼくもこの隊に取り憑く」

「テリーがその気でも」と、エミリーが言う。「取り憑くなんてありえない。それくらいなら、あいつ、もうちょっと発見されやすいように努力してもよかったのに」

「そんなこと言っても意味ないな。魂と肉体は同じじゃないんだ」ディメーンがあざ笑うように、尊大な態度で言った。エミリーはもう言葉を返したくなさそうだった。

「だいたい、さっさと立ち去ったわけでも、わざと残していったわけでもないでしょ」エミリーが言った。しかし、四人たちの意見はちがった。

「ジャック・テリーは文句ばかり言ってただろ?」ボブ・メイナードがラム酒に酔って、もつれた舌で言った。あたりに聞こえないように声を絞るつもりもないらしく、意味ありげに目玉をぐるりと回し、カエサルのかたわらに立って会話しているランキンを見やった。「生まれのよいお方は、おれたちがこんな奥地に運ばれてくるときから、ジャックがはっきりものを言うのをお好みではなかった。だから、さっさと出発しろなどと言い、哀れなジャックのために、涙ひとつこぼさなかったのかもしれねえな」

メイナードは、仲間に賭け事を持ちかけては、ラム酒を巻きあげていた。ほかの哀れな痩せた囚人たちの倍はあろうかという巨漢なのに、仕事は人の半分しかしない。一方、自慢の深いバリトンで歌をうたい、話で人を楽しませることなら際限なくつづけてみせた。日頃は不満を言おうとしないだけに、この男の口から出る批判には説得力があった。

テメレアにとって罪悪感の芽生えを抑えこむのはむずかしかった。なぜなら心のなかで、のべつまくなしに不平を言うジャック・テリーがいなければいいのに、と思ったことがあるからだ。ほんの一瞬だったし、口に出して言ったわけではないが、それでも自責の念にとらわれるのに充分だった。

「でも、わざと置いてきぼりにしたわけじゃない。誰ひとり、出ていって地面の穴に飛びこめなんて彼に頼まなかったよ」テメレアは言った。「それに、ぼくらはさがしたよ、かなり長い間」それでも、ジャック・テリーがこの主張を受け入れてくれるとは思えなかった。

彼が一行に取り憑いてやろうと思っていようがいまいが、気が安まらないことに変わりはない。いまできるのは、くるりと体を巻いて最後に残った卵を守り、どんな邪悪な霊もこの卵に忍び寄らないように気遣うことだけだった。

8　赤い荒野を飛ぶ

それでもテメレアには、ジャック・テリーの呪いが本物であるように思われた。なぜなら、遠征隊の運が尽きてしまったからだ。さがしても、さがしても、いつも少し遅いか、少し行きすぎていた。密輸団は一行が飛ぶ空の下を、蛇のようにじりじりと進んでいた。一行を焚きつけてはからかうような小さな痕跡が、あるときは磁器のかけら、あるときは卵を置いた土山と、さまざまなかたちで道筋に残されていた。

テメレアは不安で寝苦しい一夜を過ごしたが、目覚めるとさらに不安になった。誰もがまだ眠っている夜明け前、頭をもたげて、空が白みはじめた地平線あたりを眺めた。ずいぶん遠くまで来たような気がする。昨夜の飛行では森がときどき途切れ、そこに世界の刃先のような尾根が切り立っているのを見た。逆さにしたほうきにも似た木々がまばらに生えているだけの、低い丘がいくつもあった。

夜明けどきの灰色がぐずぐずと居残り、あらゆる地面を、もつれて固まった白っぽい草を、黒い地面から浮きあがる黒っぽい茂みを覆っていた。やがて藍色が空の大きなボウルをゆっくりと洗い流し、太陽が顔をのぞかせ、世界に色彩が戻ってきた。しかし、その色彩というのが、なんとも奇妙だった。足もとの砂の地面は、まるで誰かが色を塗ったかのように、割れた煉瓦の切り口と同じ赤い色をしている。草は干し草の黄色で、枯れているのかと勘違いするが、ほぼすべてがこうなのだ。

野営の片側につづく灌木の茂みだけがつやつやとした深い緑の葉を茂らせ、そこだけはそんなに不自然な感じがしなかった。しかし、灌木と地平線のあいだの木々はことごとく火事に遭ったかのように、幹に黒い斑点が散っていた。だが奇妙にも、低い枝には焦げたような古い葉が残っているのに、高い枝の尖端にはみずみずしい青葉が茂っている。

空には雲がなく、地上には水がない。そして、どこにも生き物の気配がない。ここはテメレアがこれまで見たなかでもっとも風変わりな土地だ。タクラマカン砂漠も生き物がおらず草木も生えず、寒くて、人間にとってどんな使い途もなかったが、ここほど異様な感じはしなかった。かの地にはオアシスがあり、オアシスにはポプラの木や緑の草が生えていた。水がなく、植物が育たなくても、この土地ほど奇異な印象は与えなかった。

「ねえ、ローレンス」テメレアはローレンスをつついて、何度か呼びかけた。「ローレンス、起きたほうがいいかもしれないよ」

「なんだ?」ローレンスは眠りながら答え、片手で顔をこすった。

「ぼくは怖がってないよ、もちろんさ。だけど、囚人たちをおびやかさないほうがいいだろうね」テメレアは言った。「ぼくらは冥界に入りこんでしまったんじゃないかな。ほかにうまく言いようがないんだけど」

「なんだって?」ローレンスが目をあけ、立ちあがった。しばらくは無言だった。

「ぼくらは、夜のあいだに無理してでも前に進むべきだったね」テメレアは言った。

「でも、たぶん、ジャック・テリーの霊が——」

「ここが冥界であるわけがないだろう!」ローレンスはそう言ったが、すでに目覚めている囚人たちの心境は、テメレアと同じであるらしかった。乏しい乾パンの朝食が配られたとき、とびきりの愚か者が言った。「言っておくが、ここに娘っこはいねえぞ、こんな暑いところにはな。ここはたぶん中国なんだ。いったい誰がこんなところまで、おれたちを連れてきやがったんだか」

すぐに四人たちがうなずいた。誰もが自分たちは中国に来てしまったと信じ、このばかばかしい考えを変えようとしなかった。

テメレアは憤慨して言った。「ここが中国であるもんか。中国には海を越えなきゃ行き着けない。中国は広いところだよ、こんなところとはぜんぜんちがう。それに、中国だったら、ものすごく、ものすごくたくさんのドラゴンがいるんだ、そこらじゅうに」しかし、彼らは聞く耳を持たなかった。

「そう、そのとおり」と、オディーが薄気味悪いしたり顔で仲間に言った。「ここは、神に見放された土地。西の冥府(めいふ)からやつらの大群が飛んでくるのを、われわれは見るだろう。朝になり、やつらはわれわれを喰らい尽くす。そして、最後は、悪魔の王国行きだ」テメレアは苛立って冠翼を寝かせた。

「土に含まれるある種の鉱物が、この色をつくるのでしょうね」竜医のドーセットが枝で地面を掻き、その下からあらわれたさらに鮮やかな赤い色の土を熱心に観察しながら言った。

「いずれにせよ、引き返さなければなりませんね」サルカイが日除(ひよ)け代わりに片手を目の上にかざして言った。「連中はどこかで道を逸れた。それを見逃してしまったにちがいない」

「連中がこんな辺鄙なところまでやってくるとは思えませんね」グランビーが同意し、まわりを見まわしながら無意識に両腕をこすっている。そうせずにはいられないらしい。多くの者が同じしぐさをするようになっていた。

テメレアは、グランビーと同じように周囲に目をやった。確かに、こんな奇妙な赤い景色のなかに自分がいることがとても不思議に思える。

グランビーがつづけて言う。「ここは神に見捨てられた土地ですよ。こんな土地で心やすらかに暮らせる人間がいるとは思えません。昨夜見た水場に戻りませんか？囚人たちが悪態をつきはじめる前に、一杯飲ませたほうがよさそうです」

ところが、針路の両方向をくまなく見やり、地面から目を逸らさず、三マイルほどの短い距離を二時間近くかけてゆっくり飛んだところで、サルカイが突然、イスキエルカの背から身を乗り出した。なにかに気づいたらしい。テメレアもイスキエルカのあとを追って地上におりた。サルカイは三回の跳躍でイスキエルカの背から砂地の地面におりると、赤い砂がこんもりと盛られた小山の前に立った。小山の中央に、まさしく卵と同じかたちのくぼみがあった。かたわらには暗赤色の石柱が突き立ち、日差しをまばゆく反射している。そこには、まだ新しいと思われる白っぽい黄土色の手形がくっきりと鮮やかに印されていた。

一時間後、イスキエルカがシドニーに向けて飛び立った。その前には、意見の衝突や口論がつづいた。イスキエルカもグランビーも、隊から去りたいとは思っていなかった。しかし、こうするしかない。密輪団を追いかけて、いずれはどこかの港に通じる道を見つけるのだとしても、先住民がこの土地に暮らし、自由に移動できて、その気になりさえすればこの隊を取り囲むこともできるとなると、話はちがってくる。

「けっこう。たぶん、これは密輪団の仕業じゃない。でも、先住民はドラゴンをいったいどうしたいんでしょうね？」グランビーが言った。「ぼくらを好ましく思ってるとは思えませんね。でも、ぼくらがこの土地におり立つまで、彼らはドラゴンを見たことがなかったはずだ。テメレアやイスキエルカをはじめて見て――いや、カエサルでもいいですよ――とにかくドラゴンを生まれてはじめて見て、その卵を自分のもとで孵してみたいなんて考えますかね？」

誰もがこの新しい発見にとまどっていた。しかし、手形のかたわらの赤い砂の地面には、裸足の足跡が残されていた。さらにサルカイが彼らの食事のあとを見つけた。空っぽの豆の莢や野いちごの軸で、どれもこの近くの茂みで採れるものだった。密輸団なら、毒を含むかもしれない野生の植物をあえて危険を冒してまで食べるはずもなく、やはりこれは先住民の残していったものにちがいなかった。

サルカイが小さく肩をすくめた。「彼らの動機がわかったような口をきくつもりはありません。しかし、彼らの足跡は非常に鮮明です。もしかすると、これが数多くの疑問に対する答えなのかもしれません。密輸団が海岸のほうに方向転換することなく、こんな辺境の地まで分け入っていくことを、かねてから奇妙に感じていました。たとえ一世紀のあいだ、フランスがこの大陸の植民地化を進めていたとしても、ここまでの土地勘は持ちえないでしょう」

「連中はわれわれにとって卵が貴重だから盗んだまでのこと」ランキンが苛立たしげに言った。「卵は、宝物のように布でくるまれていた。それ以上の説明が必要かな？連中はそこからドラゴンが出てくることなど知らず、宝石かなにかのように扱っているだけだ」

ローレンスには納得のいかない説明だった。先住民がヨーロッパ諸国に匹敵する力を持つこと、その組織と軍事面の洗練において引けをとらないことを思い知らされた経験があるからだ。ここはひとつの国家ではないが、だからこそ、この荒涼(こうりょう)たる大地を見わたしたとき、アフリカの密林の緑豊かな中心にツワナ王国が隠されていたように、この地にも同様の王国が秘密裏に存在し、維持されてきたとしても不思議はないという気がした。ただしいまのところ、この危険な仮説を確証させるものはないのだが。

「少なくとも、彼らはわたしたちを巧みにかわしてきた。ここまでしつこく、日をかけて追跡したにもかかわらず」ローレンスは言った。「つまり、彼らは侮(あなど)れない、警戒すべき存在なのだ。ドラゴンの卵を見て、その正体に気づけないほど想像力を欠いているとは思えない。この土地には鳥がいるし、蛇もいる。ましてや、わたしたちがテメレアやイスキエルカやカエサルを帯同しているのを見ているのだから、奪ったものがなにかはわかっているだろう。植民地の農場主たちが縄張りを侵害するのを、彼らが心よく思っているはずがない。彼らにとって抵抗するための武力となり、土木作業にも使える生き物は、このうえなく魅力的であるはずだ」

ランキンが肩をすくめた。「よろしい、こういうことだな。われわれはいついかなるときも、恐れなければならない。獰猛なる現地の民が数千人、われわれに憎悪をたぎらせ、奇襲をかけようと夜を待っている。いや、恐れいった」

もちろん、大きな危険があるとすれば、それではないだろう。より差し迫った危険は、この追跡行がさらに長引き、さらに過酷なものになる可能性が高いということだった。それがとりもなおさず、イスキエルカをシドニーまで戻さなければならない理由になった。

「先住民はあらゆる手を尽くしてわれわれから姿を隠しているし、そのための土地勘もある。それは認めなければならない」ローレンスはグランビーに言った。「ただし、ライリー艦長をいつまでも待たせるわけにはいかない。何週間も過ぎたというのに、彼はなんの知らせも受け取っていない。わたしたちは、山岳地帯を抜けるルートをさがすのに時間をかけすぎた。ライリーは首を長くして、わたしたちがシドニーへ帰るのを待っているにちがいない」

「ええっと、ぼくは離れませんからね、ローレンス。あなたをこんな荒野のどまんなかに残せません。あなたが言おうとしてるのがそういうことならですが」グランビーが言った。

「より正しく言うなら、わたしたち全員が、すでにいま、順当なコースからはずれていると見るべきだろう」ローレンスは言った。「先住民に関しては、われわれの友ではないかもしれないが、少なくともフランス軍ではない。一頭の中型ドラゴンを彼らが手中におさめても、われわれに大きな打撃を加える戦力にはなりえない。彼らがその気だとしても、無理だ――この植民地にテメレアがいるかぎりは」

理屈はどうあろうと、グランビーは隊から離れたがらず、イスキエルカはなおいっそう離れたがらなかった。「いやだったら。卵を取り返すまで、ここから離れるつもりはぜったいないから」きっぱりと、そう言った。「議論するまでもない。ライリーは待たせときゃいいのよ、そういうこと」

しかしもちろん、ライリー艦長がいつまでも待つはずがない。この遠征には一か月の期間を見込んでいたが、出発からすでに三週間が過ぎ、一通の知らせも送っていなかった。二頭の重量級ドラゴンと三十人の労働者を帯同した隊がなんらかの災難に巻きこまれた場合、それが軽く片づけられることはないだろう。

だが現在、救援隊を組織して奥地まで行けるような余裕のある人間はシドニーにはいない。結局のところ、未知の荒野で行方(ゆくえ)不明になった犠牲者として処理され、早晩、ライリーがその知らせを持って英国に出航することになるのだろう。

テメレアでさえローレンスの意見を支持せず、今回ばかりはイスキエルカが隊から離れていくことに難色を示した。「イスキエルカといるのがうれしいわけじゃないんだよ」と、テメレアはローレンスに言った。「もちろん、ぼくひとりで卵を救い出せないわけじゃない。でもちょっと、彼女を送り返すのは不作法じゃないかな。まるで同行する価値なしって言ってるみたいで。それに、彼女は狩りが得意だ。それは否定できないと思うよ」

「きょうの飛行から見るなら、この地域には最低限の獲物しか期待できそうにない」ローレンスは言った。「どの程度の距離だろうと、さらにこの地域に分け入っていかなければならないのなら、イスキエルカは残るより引き返したほうがいい。二頭分の食糧を確保するのは容易じゃない。だが、さらに深刻な問題は、もしここに残った場合、イスキエルカがこの大陸に閉じこめられてしまうということだ。ライリーがアリージャンス号とともに去ってしまえば、イスキエルカもグランビーも、この地に何年も足止めされることになる。あってはならないことだ」

「でも、それを言うなら」と、テメレアは言った。「どうして、この大陸に残るのがぼくで、イスキエルカじゃないか、ぼくにはわからないな。英国政府に対してぼくより彼女のほうが従順だなんて、とても思えない。でも、まあわからないでもないんだ。卵はいつまでも盗まれたままじゃない。卵を取り返したら、彼女はすぐにまた退屈して、たぶん、牛をあるだけ食べてしまいたがる。でもね、それなら、カエサルもついでに英国に送っちゃったほうがいいんじゃない?」

テメレアは期待を込めて話を締めくくった。カエサルとランキンをこの植民地の政治に介入させないようにするのはいまや差し迫った用件ではないが、かといって安心はできない。しかし、カエサルをアリージャンス号に乗せて送り出すのは無理だろう。

「わかりました、行きますよ」グランビーがしぶしぶ言った。「そして戻ってきます。石で道しるべをつくって、どこに向かったかわかるようにしておいてください。徒歩で移動する連中を追ってるんだから、そんなに早いペースじゃないでしょう。もしライリー艦長が時間を与えてくれるなら、あなたたちに追いつきます。彼は新しい檣（マスト）をつくるのをいやがりはしないでしょう。少なくとも、それはシドニーにとどまる言い訳になる。そうすれば、連中を追いかけて大陸を突っ切り、反対側の海岸でアリージャンス号と合流することだってできるかもしれない。岸沿いにぐるっと航行してくればいいんですから」

すぐに話がまとまったわけではなく、なおもイスキエルカが抵抗をつづけた。また、囚人たちをどうするかという問題があった。囚人たち自身はシドニーまで、それが無理なら、せめて快適な緑の谷間まで戻りたがった。一方、グランビーは、ローレンスをそこまで周囲に人がいない状態に置くことを望まなかった。

「彼らが当てにならないことはわかってます」グランビーは言った。「でも、働き手にはなる。もし卵を奪った連中を見つけたら、卵を運び出す必要がありますからね。あなたとテメレアだけより、人手があったほうがいい。孵化した幼竜が、ドラゴンを使いものにならなくさせるときがあるんです。つまり、小さな幼竜にテメレアが夢中になってしまい、ふりまわされて、ただ幼竜のあとをついていくだけになってしまう。いとも簡単に、まるでよく訓練された猟犬のように。それに——」と、グランビーは声を落としてつづけた。「ランキンでは良き相棒になりません。やつは、げす野郎だ。ま、公平に言うなら、腰抜けではありませんが」

ランキンはすぐには自分の意見を言わなかった。ローレンスがいささか驚いたことに、彼は片隅に行って、小さな声でカエサルと相談をはじめた。もちろん、飛行士がドラゴンの意向を尋ねようとしない状況は想像しがたいが、ランキンがそうすることが意外だった。互いの利害関係がぴったり合った組み合わせなので、彼はそうならざるをえなかったのかもしれない。カエサルが、知恵と呼べないまでも、ある種の狡猾さを生まれながらに持っているのは確かなようだ。

「わたしはここに残ろう」グランビーにせっつかれて、ようやく戻ってきたランキンが言った。「キャプテン・グランビー、あなたが隊を離れるなら、必然的にわたしが捜索の指揮を引き継ぐことになる。卵の奪還は、われわれにとって重大な責務だ。わたしがシドニーに戻ることなど問題外だろう」つまり、いまは危険を冒してまで、シドニーにいるウィリアム・ブライに関わる価値はないと判断したのだろう。「囚人たちに関して言うなら、わたしとしては、これを機会に、植民地側の管理に戻してはどうかと思う。彼らはおよそ役に立ちそうにない」

「ひと言申しあげます」と、囚人のオディーがローレンスに言った。「言い争うつもりはないんですがね。われわれは道をつくるのと引き替えに自由を与えられたわけです。それをはっきりさせてもらわなきゃ働けませんね」

「残りたい者は任務を遂行したまえ」ローレンスは言った。「植民地に戻りたい者は、そのように。わたしとしては人手があって悪いことはなにもない」

グランビーから切羽詰まった懸命な説得を受けたあと、イスキエルカが発っていくのを見つめながら、テメレアは小さなため息を洩らした。なるべく早く戻ってくると、イスキエルカは約束した。「シドニーまで全速力で飛んでいくんだろうな」と、テメレアは言った。「もう地面を調べながら飛ばなくていいんだから。やっと、ぼくらが追ってるのは密輸団じゃなくて先住民だってわかった。だからってサルカイが足跡を見つけやすくなるわけじゃないけど、少なくとも、これまでのように広い範囲をさがしまわらなくてもよくなったんじゃない?」

「まずは」と、ローレンスは言った。「水を確保しなければ」

けれども、水を確保するのは容易ではなかった。緑の木立に何度も惑わされた。緑があるからといって、期待どおりにオアシスがあるわけではないのだ。「多肉植物のようなものかもしれない」と、ローレンスが言った。「夏の乾季のあいだ、水分を蓄えていることができるんだろう」

そこで、テメレアは試しにその木を裂いてみた。地下に根を張りめぐらしているうえに、幹がとても細くて、裂くのに苦労した。しかし木は、人が口をつけて吸えるほどの水分も蓄えていなかった。

そんなわけで、今度は水のきらめきをさがして、つねに地表をにらみながら飛行することにした。卵泥棒の痕跡以上に水場を見つけることが急務になった。そのために、あらゆる方向に針路を取った。

ローレンスが広げるなんの印もない、巨大な大陸の地図を見ていると、テメレアはやりきれない気持ちになった。一行はすでに、探索が進められている海岸線から遠く隔たった、この大陸のどまんなか、地図上ではぽっかりとあいた空白でしかない未知の領域に入っていた。イスキエルカが去ったあと、テメレアは地上のあらゆる小さな動きや、サルカイには上空からはよく見えないかもしれない小さな痕跡を、ぜったいに見逃すまいと、いっそう神経を張り詰めるようになった。

そのうえ、カエサルが横を飛ぶようになったので、飛行速度を合わせなければならなかった。それでも人が歩くよりずっと速いとローレンスが言うので、テメレアは焦るまいと自分に言い聞かるのだが、すぐにまた苛立った。カエサルは、のろのろ飛行の元凶であるにもかかわらず、テメレアの努力に水を差すようなことばかり言った。

「どうしてきみが、いきなり飛び出したり戻ってきたりするのか、おいらにはぜんぜんわからない。いつだって、風で砂が動いてるだけなのに。それじゃあ、疲れて、もっと水や食べ物が欲しくなるよ。ただでさえ足りてないときに」

「なんだろうが」と、テメレアは言った。「ぼくが見つけたものは、ぼくが好きなだけもらう。きみ、不満ばかり言ってないで、地面を見るのを手伝ってくれないか」

「もちろん、おいらが卵を見つけたら」と、カエサルもむきになって言い返した。「きみにちゃんと教えてあげるよ。卵じゃなくても、価値のありそうなものならなんだって。でもね、きみはおいらがこんなふうに言ったら、ちっともうれしくないんじゃない？　〝ふふん、見てよ、なにかあるぞ〟。そして、つぎはこうだよ。〝残念、間違いだった。ただの茂みだ〟——急降下してまた戻ってきて、いつも言うことは同じだ」

　テメレアは、短い飛行ばかりとはいえ、飛ぶために必要な食事の量を確保できず、つねに少し腹をすかせていた。ここには以前見かけたより大きな赤い毛のカンガルーがいるのだが、驚くほど敏捷（びんしょう）で、捕まえようとすると思わぬ方向へ跳んで逃げるし、胸もとで揺れる卵のことも気にかけなくてはならないしで、狩りはなかなか成功しなかった。その午後、テメレアはわずか二頭を捕まえただけだった。

「カンガルーが、ものすごくたくさん跳んでいったよ。テメレア、ほら、あそこ！」夕暮れ近くに、エミリー・ローランドが地上を指差した。それは進もうとしている方角ではなかったが、テメレアは誘惑に駆られて追いかけた。ところが、近づいてみると、カンガルーたちは細い小川から跳び出したのだとわかった。隊の全員が、喉が渇ききっていた。

「もしきみがまだ空腹を我慢できるなら」と、ローレンスが言った。「あの小川のそばにおりて、今夜はそこにとどまろう。日も陰ってきた。ここから引き返すのは簡単じゃない」

「もしかしたらだけど」テメレアは地面を荒らさないように注意深く着地したあとに言った。「もしかしたらだけど、ねえ、サルカイ、アボリジニたちも、ここに来たんじゃないかな。午前半ばから飛んでいて、ここが最初に見つけた水場だ」

「わたしにわかるのは、カンガルーの大群が、少し前にここに来ていたということだけですね」サルカイがにべもなく答えた。そんなことはすでにわかっている。テメレアは気落ちしないように努めたが、男たちが水を集めるために河床に穴を掘り、自分もそこから水を飲んだあと、首をもたげて、だだっ広い土地を眺めわたし、茫然(ぼうぜん)としてしまった。

　赤い砂山が盛りあがり、またさがり、あらゆる方角に波打ちながら広がっている。ところどころに砂から露出した岩があり、小川に沿って灌木の茂みや木立がいくらかある。小川は遠くまでつづいているが、ところどころで河床が干上がっている。どこもかしこも同じ景色で、方角を区別できるようなものはほとんどない。

　テメレアはため息をつき、しばらく休もうと目を閉じた。男たちが火を焚き、わずかな塩漬け豚肉を焼いて、乾パンといっしょに食べていた。やがて彼らは寝仕度(ねじたく)をはじめた。夜の心地よい涼しさがようやく訪れた。テメレアは半ば眠りながらも、カンガルーが戻ってきた場合に備えて耳だけ澄ましていた。カンガルーの跳ねる音を聞き逃すはずはない。ところが突然、短く甲高い叫びがあがり、テメレアは驚いて身を起こし、目を見開いた。

　夜明けはまだだが、空が白みはじめている。テメレアのまわりで寝ていた男たちも半身を起こしていた。彼らのぼんやりとした灰色の影が地面に落ちているが、それらはぴくりとも動かない。

叫びは何度かつづき、はじまったときと同じように唐突にやんだ。ローレンスが立ちあがり、男たちのあいだを歩きながら、あたま数を数えた。地面に、人間のかたちをしたくぼみと、その横に靴が見つかった。誰かがそこで寝ていたにちがいない。

「あいつらだ」とオディーが言った。「――闇に身を潜めて待ち、夜になると、われわれをひとりまたひとりと連れ去っていく。卵は、この土地のさらに奥深くへとわれわれをおびき寄せる餌だ。やつらは、われわれ全員をあの世に送るだろう。それがいやなら、もう彼らのあとを追うのはやめるべきだな」

「魔法を使いやがるんだ」別の男が低い声でつぶやいた。

男たちはただちに、一刻を争って、ここから発つことに賛成した。姿を消した哀れな男、ジョーナス・グリーンをさがすためにここにとどまろうと言い出す者はひとりもいなかった。

「河床が少し乱されています」サルカイが声を潜めてローレンスに言った。あわただしい荷造りがはじまっており、男たちがおっかなびっくりで小川に近づき、缶に新しい水を汲んでいた。「にもかかわらず、なにも見つからない。生きていたか死んでいたかはわかりませんが、大のおとなを引きずっていったというのに、その痕跡がない。

まさかそのあとで地面をならしたとも思えません」

「ここはなんとも奇妙な土地だな」ローレンスは低い困惑の声で言い、身をひるがえしてテメレアに乗りこんだ。

テメレアもただちにそこから離れられることを喜んだ。卵が狙われているのではないかと不安だったし、自分のクルーがこの奇妙な人さらい事件の新たな犠牲者になるのを恐れていた。ローレンスと仲間のクルーたちが無事でいられたのは、ほんとうに幸運だったのだ。

しかし、空に飛び立ったテメレアは、突然宙で停まり、風下の岩が露出している場所に急降下した。

「へっ、またか」カエサルが不平を洩らした。「まだ朝食も食べてないのに」しかし、テメレアはまったくどうでもよかった。なんであれ、どうでもよかった。岩に隠された浅いくぼみに首をつっこみ、それを覆い隠す灌木を引き剝がした。土の上には、淡い黄色の鳥を描いた鮮やかな朱の磁器の破片が、小さな山をつくっていた。

9　雷雲と人を喰らう怪物

「はっきりしてほしいな」カエサルが言った。「おいらたちがさがしてるのは、密輸団か、先住民か、卵なのか、いったいどれなんだい？　まあ、そんなことより、ほんとうは腹を満たしたいんだけどね」

「まぬけなことを訊かないでくれ」テメレアは言った。「もちろん、三つともさがしてるんだ。そして、その三つはひとつなんだよ。食べ物ならあとでさがしにいける。サルカイが足跡を調べて、どっちの方角を目指せばいいかわかってからだ」

三つはひとつという結論はテメレアにとっては自明の理だったので、ランキンがそれを断固としてはねつけ、ローレンスまでうろたえていることに困惑した。

ローレンスがサルカイに尋ねた。「先住民が密輸品を運ぶ仕事を請け負っているなんてことがありうるだろうか？　フランスがどこかの港で、その品々を提供しているのだとしても――」

「先住民を使えば、大いに労働力を節約できるでしょうね」サルカイが言った。「理解に苦しむのは、彼らがどうやってそこから利益を得るかです。大量の品物を、この大陸を横断してまで運び、その先がシドニーの市場だけでは——」

「どうして彼らは、その品物を大事にしないんだろう?」テメレアは言った。「磁器はすごくすてきだよ。彼らはまたしても、ぞんざいに扱ってたけどね」完全なかたちのときを知っているなら、かけらになっても大切にしたいと思うものではないだろうか、とテメレアは考えた。「ぼくはすてきなものを壊したいなんて思わないけど、もし、彼らがわざと壊したのだとしたら、道を進むために一部を捨てたほうが都合がよかったんじゃないかな。それでもかまわなかったんだ。ところで、彼らはどっちに行ったの?」テメレアは尋ねた。それが結局、現実的でもっとも重要な問題だった。

いささか落胆したのだが、サルカイが言うには、磁器のかけらは最近ではなく、この地に最後に雨が降ったより前に捨てられたものだった。一週間どころではなく、かなり前になる。テメレアは小さくため息をついた。しかしそれでも、これはひとつの痕跡だ。彼らが以前にここを通過したのなら、ふたたび通過する可能性はあるだろう。それに、どんな道を通ったとしても、最後に行き着くところはつねにひとつであるはずだ。

ふたたび探索をつづけることが決まり、テメレアは朝食のカンガルーをがつがつとむさぼりながらローレンスに言った。「ねえ、空を飛んでいるうちに、彼らのほうから近づいてくるなら好都合だね。もういまは、彼らが卵を船に積んで、二度と取り返せない外洋まで出ていく心配はないわけだから」

ふたたび上空に舞いあがると、テメレアはさらに小さな破片やかけらが見つからないものかと地表を観察した。こんなに鮮やかな赤い色をした地面でなければ、さがしものはもっと楽になっていただろう。飛びつづけると、地面の色が変わる地域もあったが、樹木や灌木にじゃまされて、いっそうさがしものがむずかしくなった。丈の低い草が生えている地域のほうがよほどましだった。午後になって、川べりに濃緑色の灌木が茂った小川を越えると、植生が一変した。麦藁(むぎわら)色をした巨大なモップのような草と淡い緑のしなやかな草がいたるところに生えて、樹木がいきなり多くなった。

カエサルはあいかわらず頼りにならなかった。いわく、ここは狩りができないからだめだ、これじゃあ道に迷ってしまう、アボリジニはどこかほかの道を選んだにちがいない……。止むことのない、ほこりっぽい熱い風が、テメレアの鼻腔や眼を襲った。

赤い砂塵が体表にくっつき、羽ばたくたびにうろこの隙間に入りこんだ砂がぎしぎしと鳴り、かゆくなった。腹側ネットにいる囚人たちは、低く陰鬱な声で故郷の話をした。そして時折り、泣きそうな声でおろしてくれと言った。「ラム酒をくれよ。暑すぎる。これは人間の扱いじゃねえ」

カエサルも不平を繰り返したが、熱気と風のせいで、くぐもった声になった。およそ一時間飛行したところで、カエサルが突然、大きな声を出した。「ねえねえ、あれはなんだろう？」テメレアは空中停止して、さっと首をめぐらした。

「あそこに、なんか見えたんだ、たぶん」カエサルが言った。しかし、テメレアが行ったり来たりしても、木立や灌木の茂みに異質な色合いはいささかも交じらず、道らしきものも野営できるような空き地もなかった。テメレアが問いかけるように背のほうを見やると、サルカイが首を横に振った。

「いいや、色がちがうってわけじゃないんだ」なにが見えたのかと問われて、カエサルが考えをめぐらすように答えた。テメレアが捜索をしているあいだ、カエサルは面倒くさげに輪を描いて飛んでいた。「なにかが動いたような気がしたんだよ。でも、おいらが叫んだときには、もう見えなくなってた。どこってはっきりとは言えないな。

おいらには、この土地が全部同じように見えるからね。ほらあそこって、はっきり言えれば、けっこうなんだろうけどさ」

「ああ、もうけっこう」テメレアは言った。「きみはなにを見たかも言えない。ほかの誰が見ても、なにも見つけられない」

「じゃあ、おいらは、もうなにも言わないよ」カエサルは肩をいからせ、赤い胸を突き出した。「おいらの協力がそんなに気に入らないならね。もしかしたらと思っただけさ。でも、間違いだった。きみが見つけられないんだから、間違いだったんだね。でもね、言わせてもらうけど、もしあのくさむらに百人のアボリジニが隠れてたら、どうなるんだよ。なにも知らずに通り過ぎてしまったら。だからとにかく、下におりてみようよ。休憩をとろうよ」

「正午になる前に休憩をとるほど、ぼくは怠け者じゃないよ」と、テメレアは言った。「もうずいぶん時間を無駄にしてしまった。きみが見たとかいうもののおかげで」

そのとき、ランキンが搭乗ハーネスを伸ばしてカエサルの背から立ちあがり、後方を見やって言った。「これは地上におりるしかないようだ。一時間とかからず、激しい雷雨になる」

「どうして、そんなことがわかるんだろう？」テメレアは、方向転換に備えて体を少し傾けながら、ローレンスに尋ねた。空は晴れわたっていた。後方を振り返ると、蒼い層雲がうっすらと遠くに見えるのだが、それが急速に近づいてくるようすはない。

「わたしは十二歳のときから伝令使としてドラゴンに騎乗している。嵐なら匂いでわかる」カエサルをテメレアに近づかせ、ランキンが言った。そして二十分後、一行はまだ飛びつづけていたが、ランキンの予告の正しさを認めざるをえない変化が起きた。

それまで一定の強さで吹いていた風が、間歇的な突風に変わり、空気が重たくなった。後方の低い雲がさらに横に広がり、黒さを帯び、そこに輝く灰色と海藻のような緑の層が細く交じった。黒い雲の下では、樹木にまだ日が当たり、枝々が白っぽく浮きあがっているように見える。

「これは、すぐに通過する感じじゃないね」テメレアはがっかりしてローレンスに言った。「どうすればいいかな。このままなんとか飛びつづけるのは無理かな？」

「おいらは嵐のなかを飛びたくないよ」カエサルが不安そうに後方を振り返った。そこに追い打ちをかけるように、雲が突然、音もなく稲妻のフォークを地表に突き立てた。稲妻の尖端が蜘蛛の巣のように分かれ、暗い雲間に一瞬の光を放った。かなり遅れて雷鳴がとどろき、灰色の雨のカーテンが長い雲の端からおりてきた。

「飛びつづけないほうがいいな」ローレンスが厳しい表情になった。「土地が高いところにおりるのもいけない。テメレア、きみの体は大きすぎる」

いくつかの大きな砂山に囲まれるように、開けた土地があった。剝き出しの赤い地面に黄色い草が生えている。そこならますます強くなる風をある程度しのぐことができそうだった。

一行がそこにおり立ったころには、黒い雲がほぼ真上に近づいていた。雨交じりの突風が吹き荒れ、水筒やコップで雨を受けとめようと男たちが腕を突き出すものの、雨水はいっこうにたまらず、代わりに柔らかく脆い地面に無数の穴をうがち、服に染みをつくり、乾いた草に当たって騒がしい音をたてた。まだ気温は高く、むしむししている。ゆっくりと近づいてきた雲が突然スピードを上げ、巻きあがりながら頭上に広がり、太陽を消し去った。

さらに巨大な長い光のフォークが、さえぎるもののない地平線に突き立った。いまや、いたるところで稲妻が光っている。雷鳴はけものが威嚇し合うように吼え、うなり、雲の端から端へととどろきわたった。まるで、なにか意味のあることを叫んでいるかのようだ。テメレアの意識は否応もなく、そこになにかの意味を聞き取ろうとした。耳慣れない言語を少しだけ聞きかじるときのように、この新しい音の海から知っているひと言、ふた言を何度も拾いあげそうになった。

風向きが変わり、強い風が顔にまともに吹きつけた。ふたたび不快な雨粒が眼や鼻腔を襲い、泥が跳ねあがった。テメレアはまばたきをし、頭を振り、鼻から息を吐いた。ふいに、遠方から漂ってくる煙の臭いを舌先がはっきりととらえた。紫とオレンジの薄い煙が空に広がっている。テメレアは翼をわずかに開き、卵を少しでも風から守る体勢をとった。

「あれ見てよ、おかしな色だな」カエサルが不安げに言い、尻ずわりになった。カエサルはさらに成長し、体を伸ばすと、その頭がテメレアの肩あたりにくる。確かに奇妙な色だった。赤い輝きが鮮やかに、まるで誰かが刷毛で色を掃いたかのように地平線から一本の線になって立ちあがり、空全体の色彩を変えつつあった。赤い柱が赤褐色の光を雲に投げかけ、雲の青さがたちまち赤みがかったオレンジ色と混じり合う。稲妻は前より見えにくくなったが、まだ光りつづけていた。

「わたしを持ちあげてくれないか」ローレンスが言った。テメレアが言われたとおりに持ちあげると、ローレンスはテメレアの肩の上に立ち、望遠鏡を構えて遠方をとらえた。そして、すぐに言った。「ありがとう、もういいよ。キャプテン・ランキン、ミスタ・フォーシング、もう一度、空に戻ったほうがよさそうだ」

雷鳴と乾いた風が奏でる大音響の真下、火事がシューッと息を吐くような低い音を出し、悪意と渇望のささやきを洩らしながら、すさまじい速度で近づきつつあった。大きな音に掻き消されないように、ローレンスは声を張りあげた。「それは置いていけ！　なにをしてるんだ！」

囚人のひとりが茂みからしぶしぶ立ちあがり、灰色の煙をくぐって、ラム酒の大樽を引きずってくる。ここにおり立ったときにくすねて、あとでこっそり楽しむつもりだったのだろう。ほかの囚人たちが囃したて、大声で呼びかけた。「そいつを早く持ってこい、ロバート！　こんなくそ遠征でも一度ぐらいはご機嫌になりてえや。ぜったいひとりで飲むなよ、この呑兵衛が。ひとりで飲んだら許さんぞ！」

ロバート・メイナードはいったん立ち止まり、かがみこんで樽を肩に担いだ。火事までまだ距離がある。渦巻く煙と、横に長く広がったオレンジ色の炎のカーテンが、薄い煙のベール越しにぼんやりと見えた。しかし、メイナードが腰をかがめたとき、背後にある小山のてっぺんで、黄色い草に火が燃え移り、赤い炎となった。顔面がひりひりするほどの熱気が押し寄せ、テメレアは息をするのが苦しくなった。

メイナードがよろよろと歩いてくる。大樽から酒がしたたり、地面に落ちるのと同時に、下から青い炎が駆けのぼり、乾いた草にぶつかって火をつけた。メイナードの足もとのすぐ手前の茂みが燃えあがった。細い煙の柱がつぎつぎに立ち、その数が増して、ついに煙のカーテンとなった。もはや炎はひとつひとつ分かれたものではなく、周囲の小山の外側の世界すべてが炎となり、眼や鼻を刺す太い煙の柱にいつの間にか取り囲まれていた。

メイナードは大樽を放り出し、咳きこみながら、よたよたと走りはじめた。テメレアはなにか変だと感じた。頭がぼんやりとして考えがまとまらず、翼が鉛のように重い。空気を求めて大きく息を吸いこむと、咳が止まらなくなった。喉も胸も、誰かに鎖で締めつけられているように苦しい。呼吸ができない。

「飛び立て!」ローレンスが叫んだ。「テメレア、飛び立て!」テメレアは胸の内でつぶやいた。だめだよ、待たなくちゃ。すさまじい疲労感に襲われた。ふいに尻のあたりに、なにかでひと突きされたような鋭い痛みが走った。ぱっと目をあけた。ああ、いつの間に目を閉じていたんだろう。

「その卵を火事から救え！　おまえがだ！　しっかりしろ！」背後からランキンが叫んだ。卵……そうだ、卵！　テメレアは力を振り絞って、飛び立とうとした。翼を開いたとたん、熱風が下から吹きあげて、バランスを崩した。

熱い、たまらなく熱い。メイナードが腹側ネットから転がり落ちそうになり、仲間の手で引き戻された。地面に転がった酒樽に一瞬にして火がつき、煙のなかから青白い炎が立ちのぼった。テメレアはまだ尻が痛かった。カエサルがかぎ爪をきつく突き刺したところが出血し、必死の上昇をつづけているいま、血は足をつたって流れ落ちている。翼がまだ風をとらえきれていなかった。

前方にいるカエサルが、体を長く伸ばして懸命に羽ばたき、矢のようにまっすぐに飛んでいた。テメレアは、カエサルの灰色の体に視線をすえて、力のかぎりに飛んだ。煙が追いかけてきた。渦巻く煙が集まって煙の柱となり、煙の柱が集まって煙の巨大なカーテンとなった。煙のカーテンが幾重にも重なって地表を覆いつくし、あらゆる草木を炎のなかに呑みこんでいった。

呼吸のたびに、喉が痛みを伴って笛のような音を出す。一瞬も気を抜くことは許されなかった。突然、巨大な建造物のような頭上の雲から雷鳴がとどろいた。テメレアは反射的になにかをかわすように体をひねったが、もし雷が落ちてきたら助かるわけがないことはわかっていた。雷はごく近い小山に落ち、新たな木がたいまつのような火を噴き、地面を赤と黄金に染めあげた。

冷えた大気がテメレアの体表と喉の痛みをいくらかやわらげた。それでもまだ風は頻繁(ひんぱん)に向きを変え、あらゆる方向から吹きつけた。熱気が去ったあと、湿り気を帯びた驚くほど冷えきった激しい風が上空から吹きつけた。その勢いに巻きこまれ、カエサルが宙返りした。体勢を立て直そうとするものの、左の翼と肩がさがり、もう一方の翼と肩が風にあおられ、いまにも吹き飛ばされそうになっている。

テメレアは必死に速力をあげてカエサルに追いつき、すんでのところで彼の下にまわって体を支えた。宙を搔くカエサルのかぎ爪がテメレアの体表を引っ搔いた。

こうしてカエサルは少し持ち直したが、その直後に、また新たな突風が吹いて、二頭を引き離した。テメレアは一気に五十フィートも上空に飛ばされたが、翼が背中側に裏返って折れてしまうのだけはどうにかまぬがれた。

「ローレンス、ローレンス」テメレアはローレンスがカエサルのかぎ爪で、あるいは自分のかぎ爪で怪我をしていないかどうか確かめようと呼びかけた。いや、呼びかけようとしたのだが、喉からはどんな声も出てこなかった。少なくとも自分の耳には聞こえなかった。

ふたたび雷鳴がとどろいた。大砲のような、いや、それ以上にすさまじい音が四方八方から聞こえた。火薬が炸裂するような稲妻の閃光が空を走り、雲がもくもくと盛りあがった。雲には洞窟のような、入ったら二度と出られないと思わせるくぼみがいくつもあいていた。雲のへりが逆巻き、まるで意思を持つ生き物のようにうごめいている。

テメレアは痛みをこらえて首をまわし、胸もとの卵が無事であることを確かめた。卵を包んだ防水布が雨に濡れて光っている。が、竜ハーネスのゆるみに気づき、にわかに不安になった。つぎの瞬間、強い風にあおられ、体が回転した。首が前に傾き、ほとんど前足の下まできた。天地が反転し、オレンジ色に燃える炎が眼前に広がった。足もとには蒼い雲の谷がぽっかりと口をあけている。体がさらに回転した。さらにもう一回転。視界がぼやけ、翼を開いていられなくなった。

顎に力を込めて口を開き、空気を思いきり吸いこんだ。地面に向かって落下するさなか、一瞬だけ風がやみ、下から熱い空気が吹きあげた。胸がようやく空気で満たされ、体が軽くなるのを感じた。どうにか体をひねり、落下しながら翼を開き、体をわずかに傾けて上昇気流をとらえた。

　こうしてテメレアは、嵐吹き荒れる青黒い空の高みへと舞いあがった。そのときには、すでに前足のかぎ爪で卵に触れていた。不安に駆られながら、ちらっと卵を見る。慎重にそっと指関節でさすった。だいじょうぶ、卵は無事だ。

「索具の安全を確保してくれたまえ、ミスタ・フェローズ！」フォーシング空尉の叫ぶ声が聞こえた。炎が咆吼をあげながら後方から迫ってくる。テメレアはローレンスの声も聞いたような気がしたが、確信はない。しかし、見て確かめることも、振り返ることもできなかった。

　地には炎、天には嵐がある。いたるところに残忍な罠が口をあけている。その途方もない深さゆえ、果てを見ることは不可能だった。もはやカエサルの行方もわからなかった。空は一面に暗い。煙と雷雲が広がって、どこにも救いはない。どこかに日の光があるかもしれないが、テメレアにはこの世から太陽が消えてしまったように感じられた。方位すらもわからなくなっている。

テメレアは頭を低くして、ひたすら飛びつづけた。

ローレンスは、小さなカップを差し出すエミリー・ローランドに感謝のうなずきを返し、舌を刺す苦い水を飲み干した。嵐の前は干上がっていた小川がすさまじい勢いで流れている。太陽に焼き固められた大地には、水たまりがいくつもできていた。水には灰と泥が混じっていたが、ハンカチーフで濾過して、どうにか飲めるようになった。

周囲の景観はすっかり変わってしまった。樹木は黒い幹と枝しか残らなかった。厚く茂っていた草は霞のごとく消えて、黒く焦げた跡だけを地面のところどころに残し、そこから細い煙がたなびいていた。川辺に連なる濃緑色の灌木の茂みだけが、いくらか生き延びていた。火事はその茂みのへりを舐めるように焦がして終わり、対岸のまばらな植生は被害を受けていなかった。遠く離れた場所で火がいまもなおも燃えており、黒い煙がもくもくと空にあがっている。

横たわって眠っているテメレアの息に、不穏な低い喘鳴(ぜんめい)が交じっていた。テメレアは着地するなり、川の水に鼻先を突っこみ、汚れも気にせずにがぶがぶと飲むと、あとは麻痺したように動かなくなった。竜医のドーセットが胸と喉の音を聴き、首を振った。

それからおよそ三十分後、カエサルがふらつきながら飛んできた。濡れそぼち、何度も風に吹き飛ばされて疲れきっていたものの、ひどい痛手を受けてはいなかった。ランキンが雷雨のなか、西へと針路をとり、火事の災禍のおよばないところまで連れ出したおかげだった。「ひと口も食べたくない」カエサルは眠たげな声で言い、そろえた前足の上に頭をのせた。灰色の体にすすがまだらにこびりつき、黒い筋となって流れ落ちていた。

肉の調達は、疲弊した体で作業することを除けば、むずかしくなかった。茂みに潜んでいた荒野のたくさんの生き物が、住みかを奪われていたからだ。十二頭のカンガルーが、小川のそばの野営まで引きずっていける距離に、死んで横たわっていた。毛が焦げてなくなり、肉の一部もまるで調理したように焼けていた。

ゴン・スーの監督のもと、飛行士たちがへとへとになって死骸を集め、肉をさばいた。ローレンスは、四人たちには騒がずじゃまをせずの指示を与えただけだった。彼らにはグロッグ酒がすでに少量ずつ分配され、仲間から疎んじられたメイナードだけが、野営のはずれに自分のカップを持ってひとりきりでいた。

「ハーネスを修理しないかぎり、二度と空を飛びたくないですね」革の切れ端を手にテメレアの脇腹をつたっておりてきたミスタ・フェローズが、まるで粘土かなにかのように伸びきってかたちのゆがんだ金属製の留め具をローレンスに示した。「これがいちばんひどいわけじゃない。すべての留め具がこんなもんですよ。熱にやられたうえに、あの嵐でよじれてしまいました」

「いまある補給品で、できるだけのことをしてくれ、ミスタ・フェローズ。いずれにせよ。明日発つというわけにもいかないだろう」ローレンスは疲労感を覚え、袖でひたいの汗をぬぐいながら言った。テメレアを休ませる必要があった。絶望的な状況ではないとしても、焦るのは禁物だ。「ミスタ・フォーシング、ミスタ・ローリング。この野営をもう少しまともな状態にしたい。焚き火を二か所に設置し、残骸を片づけてくれ。彼らを使って小川のそばに穴を掘ろう。そうすれば、もう少しましな飲料水が確保できる」

「イエス、サー」フォーシング空尉が答え、作業を差配するために四人たちのもとに向かった。フォーシングは、四人のなかから顔色のましな者を選んで、シャベルを持たせた。ローレンスは遅まきながら、はからずも自分が命令したこと、士官たちがそれに従ったことに気づいた。おそらくは、この危機的状況と軍人としての習慣が、どちらにもそうさせたのだろう。

きれぎれに残る嵐の雲と煙の向こうに、夕日が沈もうとしていた。空一面が紫と真紅とすみれ色がかったピンクと黄金の雲で描かれた、壮麗な一幅の絵となり、雲の狭間から光の矢が灯台の明かりのように地上に降り注いでいた。囚人たちは体力をぎりぎりまで使って仕事をした。くすぶって刺激臭を放つ樹木の残骸をシャベルで取り除き、川のちょうど曲がるところのきわに穴が掘られた。その穴に土で濾過された水が徐々にたまっていった。

食事は、乾パンと旨みも臭いも抜けた硬い肉だった。「これを煮込んでやわらかくできないだろうか?」ローレンスは、テメレアの脇に置かれた三頭のカンガルーを示して言った。ゴン・スーはうなずいたが、「それ、朝になってからのほうがいい」と答えた。ローレンスはうなずき返し、テメレアを食事のために起こさないことに決めた。

四人の男を見張りにつけて、みなが不安な一夜を過ごした。荒野のいたるところにしぶとく炎が残り、隕石が落ちて金色に燃える野のように見えた。西の空では、太陽が地平線のすぐ下にとどまることを選んだかのように、煙がオレンジ色に輝いていた。

小川の激流のとどろきは、徐々に小さくなった。ローレンスは、テメレアの咳の発作で、夜中に二度、目覚めた。体表をさざ波のように痙攣が走ると、テメレアは苦しげに首をすくめた。が、完全には目覚めておらず、灰色の筋の入った痰を吐いたときも、目は閉じたままだった。

「ううん、だいじょうぶ。ぼくはだいじょうぶだよ」翌朝、カエルの鳴くような声でテメレアが言った。そうは言うものの、切り分けて煮込んだカンガルーの肉を、喉が痛いのか、しぶしぶというようすでゆっくりと呑みこんでいる。「ぼくらはここでやめるわけにいかない。捜索をつづけなくちゃ」

「愛しいテメレア」ローレンスは一抹の疚しさを感じつつ、静かに話を切り出した。「きみの気持ちはわかる。しかし、現実を直視しなければならない。つまり、まだ手もとにある卵を、卵の安全を、すでに失った卵よりも優先しなければならないということだ。どこであろうが、まったく案内役なしに未知の領域に足を踏み入れることには危険が伴う。そして、すでにわたしたちは全員が苦境に立たされているし、とりわけひどい災難に遭った者たちもいる。この卵にとって危険な状況はいまもつづいている。だとしたら、きみはこの卵をそんな災難から守るために余力を残しておくべきだ。もしも、この卵にも危険が迫ったとき、きみはそれに対処するだけの充分な力をいま持っていると、胸を張って言えるかい?」

テメレアは黙ったまま首を深く曲げて、最後に残った小さな卵に頭を近づけた。ローレンスは自責の念にとらわれた。こんなふうにテメレアの卵への思い入れを利用するのは、テメレアに対して公正さを欠き、不誠実であるように思われた。しかし、どんなあざとい手を使っても、テメレアの快復に必要な休息をとるように説得しなければならないと考えていた。そのためなら、たとえ一千個の竜の卵がこの荒野で失われることになろうがかまわないとさえ思った。

「きみが快復して――」と、ローレンスは言った。「火事が完全におさまったら、捜索を再開するチャンスもあるだろう。悪いことばかりじゃないさ。火事のおかげで、遠くまで見通しがよくなった」

「でも、あの道はどうなるの?」テメレアが悲しげに言った。「待ったところで、どうやったらあの道が見つかるのか、ぼくにはさっぱりわからないよ。ああ、ぼくはばかなんだ。あの道を見失ったまま、もうどうしていいかわからない。ふふん！」テメレアの声が大きくなった。「二度とイングランドに戻れなくてよかったよ、ローレンス。こんなことになって、ぼくは卵の母親のカンタレラの顔をまともに見られるとは思えないからね」

テメレアは翼を持ちあげて頭を覆うと、それからはもう話そうとしなかった。ローレンスはテメレアの鼻先に片手を置いて、言葉にならない慰めを伝えた。それから、自分の文具箱を持ち出し、テメレアのかたわらに腰をおろした。翼の薄い膜がつくる薄暗い洞窟のなかに、膜の半透明な部分を通して淡い青灰色の光が射しこんでくる。ローレンスは、軍務に就いていたときの習慣から、いまも遠征の日誌を書きつづけていた。そこに以下のように書き添えた。

現在地は依然として不明。あらゆる道からはずれている。正確な時間も太陽の南中によって正午を知るのみ。太陽は厚い雲と煙に阻まれて見えず。小川のかたわらに野営を張るも、この川が二日前に見た川と同一か新しいものかは判別つかず、したがって地図には記さない。シドニーに引き返したいと願うが、テメレアがその飛行に耐えうるまで体力が回復したとドーセットが判断するまで待たなければならない。

そのあと、ジェーン・ローランド宛(あ)ての手紙を書いた。すでに書きはじめた手紙が封筒に入っており、そこに新たな便箋(びんせん)を足した。イエロー・リーパー種の卵が奪われたことを報告するという気の重い仕事をグランビーに押しつけるわけにはいかなかった。英国にとってはたいして価値がない卵でも、新たな卵の追加に長い航海を必要とするこの地では、値をつけられないほどの価値を持つ。また、ジェーンがスペインでの新たな戦役に傾注することになれば、この大陸での繁殖場の創設に向けて卵を送ろうという計画はさらに遠のくにちがいなかった。

野営は静かで、咳の音しかしなかった。ローレンスはマグカップに入れたグロッグ酒をちびちびと飲んだ。そのおかげで、焼けつくような喉の痛みがやわらいだ。手足がだるく、あれほどたやすく肉が入手できたというのに、水に浸して軟らかくした乾パンしか食べたくなかった。

食欲のある者はひとりもいなかった。飛行士は正規の時間に食事をとれないことが多い。近頃では、水不足のために食事時間はいっそう不規則になっていた。そんなときは、囚人たちの一部から抗議の声があがるものだが、きょうは、太陽が出ていないとはいえ、正午をとうに過ぎたと思われる時刻になっても、誰も文句を言わなかった。若い飛行士たちは早々に体力を回復させて、周囲のようすに興味を示していた。ディメーンが獲物を集め、エミリーが、サイフォとポール・ワイドナー——ランキンのチームで信号担当を務める、おどおどした落ちつきのない士官見習いの少年——を指揮して、ディメーンの集めてきた獲物を解体し、塩をまぶして干し肉にした。そして当座の楽しみとして、大きなトカゲを串焼きにした。そのトカゲもディメーンが見つけてきたものだが、生きてはいても、煙と雷雨にやられて、手で簡単につかまえられるほど動きが鈍くなっていた。

「かなりいけますよ」エミリーがそう言って、焼いたトカゲを差し出した。だが、ローレンスが鈍った嗅覚でかすかに感じとった臭いは、なけなしの食欲にも訴えるものではなかった。

復路に必要な食糧はすでに足りていたが、ディメーンは予期せぬ獲物の多さに気をよくし、ふたたび食糧収集に出かけ、三十分とたたないうちに新たな戦利品を、みごとに大きなカンガルーを三頭担いで戻ってきた。ほんのわずかに焦げただけのカンガルーを地面におろすと、ディメーンはテメレアの翼の下にひょいと頭だけ突っこんだ。ローレンスが顔をあげると、ディメーンが言った。「男たちがいます。あの砂山の向こう側に」

囚人たちは、ただちに攻撃することを望んだ。「そいつらがまたこそこそと逃げる前にこっちから仕掛けましょう。どうせ夜になったら戻ってきて、また卵を盗みます」オディーが囚人代表の嘆願というかたちで、ローレンスとランキンに言った。「あの小さいやつも使って」小さいやつとはカエサルのことだが、そんな言い方をするところからしても、オディーはかなり殺気立っていた。

ランキンが冷ややかに返した。「もうけっこうだ、ミスタ・オディー。きみたちの意見を訊きたくなったら、つぎはこちらからお尋ねすることにしよう」

囚人たちが不平をこぼした。声を潜めようという配慮もなかった。ランキンはそれを無視したが、ローレンスは首をわずかに振った。以前、水兵たちの反乱を見たことがある。一瞬にして殺意に火がつくというような、火急の事態でなくとも反乱は起こりうる。そして、テメレアとカエサルの体調が万全でないいま、現実問題として、その災いはありえない話ではない。もし囚人たちが自分かランキンか、あるいはテメレアが大切にしているクルーのひとりを拘束すれば、反乱は充分に成立する。

「盗んだのは、あいつらじゃない」ディメーンが声を大きくし、苛立って言った。

「あいつら、卵を持ってません」

うたた寝をつづけていたテメレアがここで身じろぎし、首をもたげた。なにが起こっているか察したにちがいなく、ぱっと明るい表情になって言った。「でも、彼らは、もう一個の卵がどこにいったか知ってるんじゃないかな」それから、囚人たちのほうに首をめぐらして尋ねた。「誰か、彼らの言葉を話せる人はいない？」

「話してもしょうがありません」オディーが言った。「わたしたちが望んでいるのは、ただちに戦うことだ。やつらはわれわれがここにいることを知ったら、また逃げるにちがいない。そして、夜になったらまた盗みを――」

「あいつら、ぼくらがここにいること、知ってます」ディメーンが言った。「あいつら、ぼくがカンガルーを狩るのを見たから」

「ははん、彼は黒人だから、仲間だと思ったんだろ」囚人たちのひとりが言った。確かにディメーンの肌は黒いが、アフリカ南部から来た彼とオーストラリア先住民族であるアボリジニとでは、肌の色はけっして同じではない。それでももしかしたら、とローレンスは考えた。もしかしたら、肌の色の類似がなにがしかの共感を生んだのだろうか。自分たちの彼らとあまりにも異なる外見は、彼らに疑念を生じさせるだろう。ディメーンがそれが生じるのを遅らせているのかもしれない。

「きみたちのなかに、彼らの言葉に通じた者はいるだろうか?」ローレンスは尋ねた。囚人たちがざわつき、ささやかな押しつけ合いがあったあと、オディーがいくぶん覚えがあると認めた。つづいて、彼らのなかでは若い、まだ二十歳前と思われるリチャード・シプリーが名乗りをあげた。「だけど、ラム酒やらなんやらの取り引きにちょっと使ったくらいですよ。ええと、その……名もない小さな会社のために」それが違法な取り引きであることを認めるように、シプリーは頬を赤らめた。

「使いものになるのかなあ」テメレアが不安そうに言った。「ぼくも少しくらいならわかるかもしれないよ。それに、彼らのほうが、別の言葉を知ってる可能性もある。ぼくもいっしょに行ったほうがいいみたいだね」

「きみが行けば、彼らがわたしたちを友好的に受け入れてくれる望みは薄くなるな」

ローレンスはそう言って、二挺のピストルを点検した。小型ではあるが殺傷力は充分にある。

ローレンスとサルカイ、フォーシング空尉、そして心もとなくはあるが二名の通訳候補が行くことになり、ディメーンがこの五人を引き連れて、野営から距離にして一マイルほど歩き、砂山を越えたところにある先住民の居場所まで案内した。そこは、火事の焼け跡から植物が被害をまぬがれた地域に至る中間の、いくぶん焦げた帯地帯のいちばん遠い端だった。

アボリジニたちは火事場の拾得物を一か所に集め、たくさんの死んだけものを縄で結わえる作業をすでに終えていた。いまは焼け焦げていない場所に立ち、なにやら話し合っている。四人の男と、ディメーンよりおそらく少し歳上の青年がひとり。ローレンスが驚いたことに、近づいてみると、彼らの目の前の地面がくすぶっていることが、彼らの動作からわかった。アボリジニたちは、注意深く燃えている地面を見つめながら、その炎がふたたび盛り返さないように足で踏み消していた。

彼らはいくぶん警戒するようすを見せたが、あからさまな敵意を示すことなく、一行を受け入れた。オディーとシプリーがためらいがちに話しかけると、耳を傾け、なにかを返した。ここですぐに通訳者の限界が露呈した。シプリーが言った。「全部は聞きとれません。一語か二語なら……いや、たぶんですが」

そこでローレンスが、身振り手振りと絵解きとで、意思の疎通をはかろうと努力した。焼けた地面が都合よくキャンバス代わりになり、表面の黒い灰をこすると、下から赤い土があらわれて、いささかいびつな赤い卵になった。赤い大きな卵を小さな男たちが運んでいるところを描き——ぽかんとした表情しか返ってこない——つぎに磁器のかけらを見せた。

ここではじめて、コミュニケーションらしきものが成立した。アボリジニたちがうなずき、ひとりが一本の槍を示してみせる。なんと、その槍の柄には、翡翠や真珠に交じって、ビーズ状になった赤と青の磁器のかけらが装飾として使われていた。

同じ男が、ローレンスのベルトのピストルを指さした。ローレンスは首を横に振った。「無理だ、残念ながら」荒野のまんなかでこのような取り引きを持ちかけられることにとまどった。槍の狩人が肩をすくめて、取り引き不成立をおだやかに受け入れた。ローレンスは地図を取り出し、開いてみせた。アボリジニたちは興味深げにそれを見おろした。

しかしながら、地図は彼らの目に意味あるものとは映らないらしかった。値踏みするように指ではさみ、色インクで描かれた線をなぞり、ひっくり返してまた戻したが、評価したようすはなかった。最近、遠征隊が横移動（トラバース）した領域をローレンスが指で示しても、あるいは新たに描いたランドマークになりやすい干上がった小川や塩盆や丘陵を示しても、理解したようすはなく、おそらくアボリジニには地図をつくる習慣がないのではないかと思われた。

しかしここで、シプリーが首飾りを指さし、彼らの言葉で「どこで？」と尋ね、羅針盤（らしんばん）から把握している東西南北をそれぞれ示してみせた。アボリジニの答えは、「ピチャンチャチャラ」と「ララキア」で、西と北を示し、ものを放るような動作をし、また新たな言葉を足した。シプリーによれば「遠く、遠く」という意味らしかった。

「まあ、だいたいそんな感じだと思います」シプリーは言った。

「では、あの人さらい事件はどうなんだろう？」オディーが言い、地面に数人の棒人間を描き、ジョーナス・グリーンが消えたところにあった水場と岩山を描き足した。

そのうえで、棒人間のひとりにバツ印をつけた。アボリジニたちが驚きもせず平然とうなずき、「バニャップ」と言い、みなで恐ろしげに首を横に振った。
「バニャップ」彼らは同じ言葉を繰り返し、しかつめらしく、もうひとりの棒人間もバツで消し、さらに多くの言葉を費やした。理解できたら、それはすばらしい助言だったのかもしれない。しかし、自分たちが言ったことが理解されていないと気づくと、いちばん若い青年が前に進み出て、両手をあげて、口の両脇でかぎ爪のように指を折り、シュッと低く息を吐きながら獲物をさらうしぐさをし、うなりをあげた。子どもがお化けのまねをしているように見えなくもない。ローレンスには、この青年の説明がだんだん疑わしくなってきた。あの野営のまわりを怪物たちがうろついていたとはとても思えないからだ。

一方、オディーはこの解釈を受け入れ、我が意を得たりの感さえあり、かぎりある言葉のなかから彼の知っている単語をいくつか試し、さらになにかを訊き出そうとした。大きな卵を描き、そこからドラゴンが出てきて、翼を広げるしぐさをしてみせる。アボリジニたちは北西を向いて、同じしぐさをまねた。いちばん老いた男が、注目を促すように、若者の肩を叩き、歌いはじめた。低くてしゃがれているが、よく響く声だった、ほかの男たちが控えめな手拍子を打ち、老人の詠唱(えいしょう)にリズムを加えた。

「理解しようとしても無駄です」オディーがローレンスを振り返って言った。「彼らはときどき、こんなふうに突然、ここではない世界に行くんです。方角を尋ねても、返ってくるのは彼らの世界の物語でしかない。怪物と、神々と、この世界がいかにしてつくられたかというお話です。なんの意味もありません」

歌が終わり、くすぶっていた小さな火が消えた。男たちはかがんで、獲物を縛っている縄をつかみ、草原の別の場所へとそれを運びはじめた。若者が、まだ火がくすぶっている場所に足を踏み入れ、わずかに燃えている枝を、一方の端をつかんで拾いあげた。ローレンスは、彼らからまだ情報が引き出せるものなら引き出したかった。スケッチの得意なドーセットがいたら、もっと緻密な絵を描かせて、適切な質問ができたかもしれない。しかし、狩人たちは明らかに、彼らにさして益のない会話に退屈していた。彼らを拘束することは、先刻に囚人たちが想像したような争いの火種をつくるだけだろう。

「バニャップか」野営に戻る道すがら、オディーが悪魔めいた満足感をにじませ、シプリーに言った。「そう、バニャップ。人を喰らう怪物だ。あの黒い連中がどんなにおののいてその言葉を口にしたか見ていたか？　神よ、ジャック・テリーと哀れなるジョーナスの霊を憩わしめたまえ。バニャップの腹のなかとは、なんという残酷な末路だ。人喰い虎みたいなものだろう、そうにちがいない」

野営に戻れば、この話は一瞬にして全員に伝わることだろう。四人たちは喜んで、すべての不安を、先住民に対する不安を、今度は人喰いモンスターに注ぎこむ。喜んで、その脅威をさらに大きく、醜悪なものにするだろう。

ローレンスはため息をつき、目の前にある砂山を疲労感を覚えながらのぼった。砂山の上まで行ったら、テメレアを安心させるために手を振ろうと思っていた。心配しているにちがいない。しかし視界に入ったテメレアは、ローレンスのほうではなく、卵を見おろしており、フェローズが焦ったようすで卵を包んだものを取り除いていた。


（下巻につづく）

本書は
二〇一五年三月　ヴィレッジブックスから
刊行された「テメレア戦記6　大海蛇の
舌」を改訳し、二分冊にした上巻です。

テメレア戦記6
大海蛇の舌　上
2022年10月6日　第1刷

作者　ナオミ・ノヴィク
訳者　那波かおり

発行者　松岡佑子
発行所　株式会社静山社
〒102-0073 東京都千代田区九段北1-15-15
電話・営業 03-5210-7221
https://www.sayzansha.com
ブックデザイン　藤田知子
組版　アジュール
印刷・製本　中央精版印刷株式会社

ISBN978-4-86389-650-5

コクヨ株式会社（こくよかぶしきがいしゃ）
一九〇五年創業。文具、事務用品を製造・販売するステーショナリー関連事業と、オフィス家具、公共家具の製造・販売、オフィス空間構築などを行うファニチャー関連事業、オフィス用品の通販とインテリア・生活雑貨の販売を行う通販・小売関連事業から成る。

オフィスをショールーム化した「ライブオフィス」や、業界でいち早く「フリーアドレス」を実施するなど、生産性を上げる取り組み提案や商品開発を多数展開。クリアファイルやペンケース、収納ラックやデスクにいたるまで、業務効率を高める商品は評価が高い。

著書に、『コクヨの結果を出すノート術』（三笠書房《知的生きかた文庫》）がある。

知的生きかた文庫

コクヨの結果を出す整理術

著　者　コクヨ株式会社
発行者　押鐘太陽
発行所　株式会社三笠書房
〒102-0072 東京都千代田区飯田橋3-3-1
電話03-5226-5734〈営業部〉
03-5226-5731〈編集部〉
https://www.mikasashobo.co.jp
印刷　誠宏印刷
製本　若林製本工場

ISBN978-4-8379-8661-4 C0130